EL CROSSOVER

EL CROSSOVER

POR KWAME ALEXANDER

TRADUCCIÓN DE JUAN FELIPE HERRERA

Houghton Mifflin Harcourt
Boston   New York

Para Big Al y Barbara,
también conocidos como mamá y papá

Derecho de autor del texto © 2014 de Kwame Alexander
Copyright de la traducción © 2019 de Juan Felipe Herrera

Todos los derechos están reservados.
Si desea información sobre autorización para reproducir partes de este libro, escriba a
trade.permissions@hmhco.com o a Permisos, Houghton Mifflin Harcourt Publishing
Company, 3 Park Avenue, 19th Floor, Nueva York, Nueva York 10016.
Houghton Mifflin Books for Children es un sello editorial de
Houghton Mifflin Harcourt Publishing Company.

hmhbooks.com

El texto de este libro está en tipografía Adobe Garamond Pro.
Book design by Susanna Vagt
La información del catálogo de publicación está en
los archivos de la Biblioteca del Congreso.

ISBN: 978-0-358-06472-5 Spanish edition paper over board
ISBN: 978-0-358-06473-2 Spanish edition paperback

Impreso en los Estados Unidos de América
DOC 10 9 8 7 6 5 4 3 2 1
4500768750

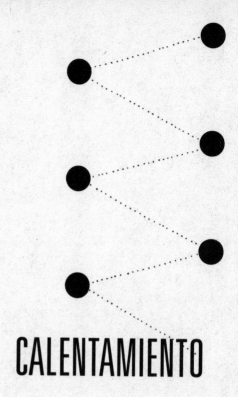

CALENTAMIENTO

Driblando

Arriba de la botella, ando en mera

ONDA Y CHIDO RITMO

POPPin' y *ROKIANDO*—

¿Y tú por qué andas EMPUJANDO?

¿Y por qué LOCKIANDO?

Mano, aquí te voy PEGANDO.

Pero, ten cuidado,

porque ahorita voy loco CRUNKiando

*Contra*CRUZANDO

FLOSSIANDO

volteando

y mi rebote te dejará

R

  E

    S

      B

        A

          L

            A

              N

                D

                  O en la pista, mientras yo

CAIGO en ella

hasta el *punto final* con mi *bravo dedo* tirando...

Derechito en la canasta:

Swoooooooooooosh.

Josh Bell

es mi nombre
Pero *Filthy McNasty* es mi placa de fama.
La Plebe así me llaman
porque mi juego es la alarma,
tanto sucio pleito, te avergonzará.
Mi pelo es largo, mi altura enorme.
Mira, soy el nuevo Kevin Durant,
LeBron y Chris Paul.

No se te olviden los grandes,
a mi padre le gusta relamerse:
Yo jugué con el Mago y el Chivo.
Pero los trucos son para los chavos, le digo.
No necesito tus gatos
mi juego es la mera
onda.

Mamá dice,
Tu papá es de otra época
como un antiguo Chevette
Tú eres fresco y nuevo,
como un rojo Corvette
Tu juego es tan dulce, es una crêpe Suzette.
Cada vez que juegas
es TOOOOOOOOOOOOOOODA la red.

5

Y si otra persona me llamara
fresco y *dulce,*
me quemaría loco como una flama.
Pero yo sé que solo habla de mi juego.
Pero trucha, cuando tiro básquet,
soy puro fuego.
Cuando la lanzo,
yo inspiro.
El aro está a la venta,
y yo soy el que lo compra.

De donde viene mi apodo

A mí no me cae tanto la música jazz, pero a papá sí.
Un día estábamos escuchando un CD
de un tal músico Horace Silver, y papá dice:

Josh, este carnal es la mera leche.
Escucha ese piano, rápido y libre,
Así como tú y JB en la cancha.

'Sta okey, más o menos, papá.
¿Okey? ¿ME DIJISTE OKEY?
Muchacho, es mejor que reconozcas

una maravilla cuando la oyes.
Horace Silver es uno de los más jip.
Si tú tiraras la mitad de bien que él toca—

Papá, ya no se usa "jip"; nadie lo dice.
Pues, deberían, porque este carnal
es tan jip, que cuando se sienta, todavía está parado, dice.

Muy chistoso, papá.
¿Sabes qué, Josh?
¿Qué, papá?

Voy a dedicarte esta próxima canción.

¿Qué canción es esa?

La mejor,

la más funky

en el álbum de Silver, Paris Blues:

"FILTHY

 McNASTY".

Al principio

No me gustaba
el nombre
porque tantos chicos
se burlaban de mí
en el camión de la escuela,
a hora de comer, en el baño.
Hasta mamá bromeaba.

Te queda perfectamente, Josh, dijo:
Nunca limpias tu armario, y
esa cama tuya siempre está regada
con migajas de galletas y papelitos de dulces.
Es simplemente asqueroso, hijo.

Pero, al crecer,
y al empezar la onda del juego,
el nombre tomó otro significado.
Y aunque no estaba en
todo ese jazz-jazz,
cada vez que ganaba puntos,
rebotaba
o robaba la bola,
papá brincaba,
sonriendo y gritando,

Ese es mi chico, ahí va.
¡Dale gas, Filthy!

Y eso me hacía sentir
muy orgulloso
de mi apodo.

Filthy McNasty

es un MÍTIco HOMBREniño
DE *distinción dudosa*
Siempre AGITANDO
   COMBINATEANDO
y ELEVANDO   su juego
Él *dribla*
   finge
luego *avienta*
la PIEDRA hacia el
tablero, veloz y volando ¡ZAZ!
Pero, trucha cuando él tira
o te regresan al PIZARRÓN
     RETONtón
      sin BON-BÓN
Es que cuando FILTHY se calienta
Tiene un *TIRO GOLPErrífico*
Es
Dunkelicioso FINO
Supersónico AL TIRO

y   M
        Á
        S
        Q
        U
        E
        Nada

              en tu cara

mcNASTY

Jordan Bell

Mi hermano gemelo es un jugador de primera.
La única cosa que ama
más que el básquetbol
es apostar. Si estamos a noventa grados
y en el cielo no hay nubes,
te va a apostar
que va a llover.
Da lata
y a veces
da risa.

Jordan insiste en que todos
lo llamen *JB.* Su jugador favorito es
Michael Jordan, pero él
no quiere que la gente piense
que le saca.
Aunque sí.

Evidencia: Tiene un par
de zapatillas Air Jordans
para cada mes
del año
incluso el Air Jordan 1 Low
Edición limitada Barack Obama,
la cual nunca usa.

Además tiene sábanas MJ, fundas de almohadas,
chanclas, calcetines, calzones, cuadernos
lápices, tazas, gorras, pulseras
y gafas de sol.

Con los cincuenta dólares que ganó en una apuesta
que él y papá hicieron sobre
que si el letrero de Krispy Kreme Hot estaba prendido
(no lo estaba)
él compró
un cepillo de dientes Michael Jordan
("¡solo usado una vez!") en eBay.
Tiene razón, no le saca.
LO ESTÁ ACOSANDO.

En camino al juego

Me echaron a la fila de atrás
con JB
quien solo para de jugar
con mis rastas
cuando le doy una bofetada
en su cabeza calva
con mi suspensorio.

Cinco razones por las que tengo rastas

5. Unos de mis favoritos raperos las tienen:
Lil Wayne, 2 Chainz y Wale.

4. Me hacen sentir
como un rey.

3. Nadie más
en el equipo las tiene, y

2. ayuda a la gente a saber
que yo soy yo y no JB.

Pero
más que nada porque

1. desde que vi
un clip de papá
electro-planchando
a ese pívot de Croacia
en ESPN, *Mejores mates de la historia;*
volando por el aire—su
trenzado pelo como alas
levantándolo
más arriba
del aro—supe que

un día
yo necesitaría
mis propias alas
para volar.

Mamá le dice a papá

que se tiene que sentar
en la fila más alta
de las gradas
durante el juego.

Eres muy peleonero, le dice.

Filthy, no se te olvide
terminar
tu tiro en salto,
me dice papá.

JB le dice a mamá,
Ya estamos casi en la prepa,
así que nada de abrazos antes del partido, porfa.

Papá nos advierte, *Oigan muchachos*
deben de honrar el amor de su madre.
Mi mamá era como oro para mí.

Sí pero, tu mamá
no asistía a TODOS
tus juegos, dice JB.

Ni tampoco era la subdirectora de la escuela,
añado.

Plática

¿Papá, extrañas el básquet? le pregunto.
Como el jazz extraña a Dizzy, dice.

¿Eh?
Como el hip-hop extraña a Tupac, dice.

Oh, pero todavía eres joven,
quizás podrías jugar todavía, ¿no?

Mis días de jugar ya pasaron, hijo.
Ahora mi trabajo es cuidar a esta familia.

¿No te aburres de estar sentado
en la casa todo el día?

Podrías conseguir un trabajito o algo.
¿Filthy, de qué se trata todo este wiri-wiri?

¿No crees que tu viejo sabe
cómo manejar su trabajo?

Muchacho, ahorré mis pesos del básquet—
esta familia está bien. Sí, extraño

el básquet REQUETEMUCHO, y
sí ando tanteando el terreno

para ser entrenador. Pero para decirte la verdad,
ahorita estoy bien entrenando a esta casa

y manteniéndome al día contigo y tu hermano.
Ya dale y llama a JB para no llegar tarde

al juego y que el entrenador te mande a la banca.
¿Por qué no luces tu anillo de campeón?

¿A poco este es Jeopardy, o qué? ¿Qué onda con las preguntas?
Sí, me lo pongo, cuando quiero flossiar. Papá sonríe.

¿Lo puedo llevar a la escuela?
¿Puedes botar la bola en el techo, contra un árbol, hasta la
canasta?

Eh... no.
Pues, me parece que no eres Da Man. Solo Da Man usa Da
Ring.

Ay, no seas así, papá.
Mira pues. Tú trae a casa el trofeo este año y veremos.

Gracias, papá. Para que sepas, si te aburres
siempre podrías escribir un libro, como lo hizo la mamá
de Vondie.

Escribió uno sobre naves espaciales.
¿Un libro? ¿Sobre qué me harías escribir?

Quizás un libro sobre esas reglas
que me diste a mí y a JB

antes de cada uno de nuestros juegos.
"Soy Da Man", por Chuck Bell. Papá se ríe.

Eso está bien fuera de onda, papá. Digo yo.
¿A quién le llamas fuera de onda? dice Papá, aplicándome
una llave de cabeza.

Papá, dime otra vez por qué te llamaban Da Man.
Filthy, en aquellos días, yo era el jefe, nunca perdía.

Tenía el más chido crossover-doble, y besaba
a tantas señoritas bellas, que me apodaron el Brillo de
Labios.

¿Ay, de veras? dice mamá, sorprendiéndonos
como siempre logra hacerlo.

Ajá, tú eres *Da Man,* papá, me río,
y lanzo mi bolsa de gimnasio en la cajuela.

23

Regla del básquet #1

En este juego de vida
tu familia es la cancha
y el balón es tu corazón.
No importa lo bueno que seas,
no importa qué chido te pongas,
siempre deja
tu corazón
en la cancha.

PRIMER CUARTO

JB y yo

tenemos casi trece años de edad. Gemelos. Dos canastas
de básquet en
puntos opuestos de la cancha. Idénticos.
Aunque es fácil distinguirnos. Soy

una pulgada más alto, con rastas hasta el cuello. Él se
afeita la cabeza una vez al mes. Yo quiero ir a Duke,
él hace alarde de Carolina Blue. Si no nos quisiéramos,

nos ODIARÍAMOS. Él juega de escolta.
Yo juego de alero. JB es el segundo
jugador más fenomenal en nuestro equipo.

Él tiene el salto mucho mejor, pero yo soy el mejor
matador. Y mucho más rápido. Los dos
pasamos bien el balón. Especialmente el uno al otro.

Para prepararme para la temporada, fui
a tres campamentos de verano. JB solo fue a
uno. Dijo que no quería perderse la escuela bíblica.

¿Qué piensa él, que soy estúpido? Desde que
Kim Bazemore lo besó la está haciendo de santito.

pensando cada vez menos
en el básquet y más y más en las
CHICAS.

Al final del calentamiento,
mi hermano intenta el dunk

Ni cerca, JB.

¿Qué pasó?

¿A poco el aro está muy alto para ti? Río yo,

pero no es chiste para él,

especialmente cuando vuelo del medio de la cancha,

mi pelo como alas

cada rasta levantándome arriba y más ARRIBA

como un 747 ¡ZOOM ZOOM!

La tiro para abajo tan duro

que tiembla la fibra de vidrio.

BOO YAH, grita papá

desde la última fila arriba.

Soy el único chavo

en el equipo

que puede hacer eso.

El gimnasio es un circo de un gentío ruidoso.

Mi estómago es una montaña rusa.

Mi cabeza, un carrusel.

El aire, pesado con el olor

de sudor, palomitas

y perfume dulce
de madres mirando a sus hijos.

Nuestra madre,Dra. Bell, alias la subdirectora,
habla con una de las maestras
en el otro lado del gimnasio.
Me estoy sintiendo mucho mejor.
El entrenador nos llama,
hace una interpretación de Phil Jackson
El amor enciende el espíritu y une a los equipos, dice.
JB y yo nos miramos el uno a otro,
listos para explotar de risa,
pero Vondie, nuestro mejor cuate,
se anticipa primero.
El silbato suena.
Los jugadores se unen en el círculo central,
chocan puños uno al otro,
se avientan uno al otro.
El árbitro tira el salto entre dos.
Empieza el juego.

El comentarista deportivo

A JB le gusta burlarse y
decir tonterías
durante los juegos
como papá
solía hacer antes
cuando jugaba.

Cuando entro
a la cancha
yo prefiero el silencio
para poder
Observar
Reaccionar
Sorprender.

También me hablo,
más que nada
a mí mismo,
como a veces
cuando narro
mis propias
jugadas
en mi cabeza.

El play-by-play de Josh

Es el tercer juego de los Wildcats que van 2 a 0.

Número diecisiete, Vondie Little, la agarra.

No hay nada *little* de ese muchacho.

La tienen los Wildcats,

primera jugada del juego.

Las esperanzas están bien fuertes esta noche en

la secundaria Reggie Lewis.

Derrotamos a la secundaria Hoover

la semana pasada, treinta y dos contra cuatro,

y no nos detendremos,

no podemos parar,

hasta que ganemos la copa de campeones.

Vonnie me pasa por encima.

Lanzo un pase de pecho a mi hermano gemelo, JB,

número veintitrés, alias el lanzador.

Lo he visto lanzarla desde treinta pies antes,

PURA RED.

Ese muchacho es especial, y no es por nada

que Chuck "Da Man" es su padre.

Y el mío también.

JB me rebota la pelota a mí.

JB es un tirador, pero yo soy travieso

y sedoso como una víbora—

y tú pensabas que tenía greña larga.

Mido seis pies, puras piernas.

¿OH, WOW—VISTE ESE CROSS-
OVER PERRÓN NASTY?
Ahora sabes por qué me llaman Filthy.
Gente, espero que tengan sus boletos,
porque estoy a punto de armarles un espectáculo.

crossover

Un simple gesto de básquet
donde el jugador dribla
la bola rápidamente
de una mano
a la otra.

Es decir: Cuando se hace bien,
un *crossover* puede romperle
los tobillos a un oponente.

Es decir: El *crossover* de Deron Williams funciona pero,
el *crossover* de Allen Iverson
es tan mortal, que podría haber establecido
su propia clínica de podología.

Es decir: Papá me enseñó cómo primero dar
un *crossover* suave para ver si tu oponente
te lo cree
y luego lo sorprendes
con el *crossover* duro.

El show

del hombro un *repentino* ALZO
un ojo *audaz* mirando FALSO —
número 28 ya   llega retetarde.
Me lee como un
LIBRO

pero yo le doy vuelta a la página
y lo veo mirar,
que solo puede significar que lo tengo
DE NERVIOS
Sus pies son el banco
y yo soy el *ladrón.*

Quebrando, Frenando,
jalándolo a la izquierda —
ahora lo enganché
Número 14 se mete...
Ahora está en el   A
                          N
                           Z
                            U
                             E
                              L
                               O

Tengo DOS en mi cocina
y estoy listo para COCINAR.

Calentando mi platillo, listo para el tablero...

Nadie espera que Filthy haga un p a s e

Veo a Vondie debajo del aro

así que le sirvo mi

Alley-oop.

La apuesta, primera parte

Estamos siete por debajo

a medio tiempo.

Tenemos caras de preocupación

pero nuestro entrenador no se apura.

Dice que todavía no hemos encontrado nuestro ritmo.

Entonces, de repente, de la nada

Vondie empieza a bailar el Snake,

solo que parece una foca.

Luego el entrenador pone a tope su música favorita,

y antes de que te des cuenta

todos estamos bailando el Cha-Cha-Cha Slide:

> *A la izquierda, ahora llévensela hacia 'tras, todos.*
> *Un brinco esta vez, pie derecho, martíllale duro.*

JB me choca esos cinco, con una mirada familiar.

¿Me quieres apostar, verdad? pregunto.

Vale, me dice,

y luego me toca

el pelo.

Oda a mi pelo

Si mi pelo fuera un árbol
lo escalaría.

Me hincaría debajo de él
y lo haría un santuario.

Lo trataría como oro
luego cavaría su mina.

Cada día antes de la escuela
lo desenrollo.

Y antes de los juegos
lo entrelazo.

Estas rastas en mi cabeza,
las diseño.

Y una última cosa si
me lo permites:

Esa apuesta que apenas hiciste:
LA RECHAZO.

La apuesta, segunda parte

SI. YO. PIERDO.
LA. APUESTA.
TÚ. QUIERES. HACER.
¿QUÉ?

Si *el puntaje está empatado,* él dice, y
si *llegamos hasta el último tiro,* me dice, *y*
si a *mí me toca la pelota,* dice, *y*
si *no fallo,* me dice,
me toca cortarte
el pelo.

La hacemos, pues, le digo, tan serio
como un ataque al corazón.
Puedes cortar mis rastas,
pero si yo gano la apuesta
tú tienes que andar por allí
sin pantalones
y sin calzones
mañana
en la escuela
durante el almuerzo.

Vondie
y los demás
de los cuates
carcajean como hienas.

Para no ser superado,
JB altera la apuesta:
Okey, dice.
¿Qué te parece que si pierdes
yo te corto una rasta
y si tú ganas
aquí les va mi trasero
a esos fresas
de sexto grado
que se sientan
cerca de nuestra mesa
durante la hora de comer?

Aunque antes era uno de esos fresitas de sexto grado,
aunque me encanta mi pelo como a papá le encanta
Krispy Kreme,
aunque no quiero que perdamos el juego,
es muy probable que esta sea una de las apuestas
legendarias de JB
que voy a ganar,
porque
es un montón de *aunques*.

El juego está empatado

cuando el suave tiro en suspensión de JB vuela,

tic

a través del aire,

tac

el público calla,

tic

caen las bocas

tac

y cuando su tiro en el último segundo

tic

le pega a la canasta

tac

el reloj para.
El gimnasio explota.
Sus duras gradas
vacías
y me duele
la cabeza.

En el vestuario

después del juego,
JB cacarea como un cuervo.
Él camina hacia mí
sonriendo,
extiende su mano
para que tu puedas ver
las tijeras rojas del escritorio del entrenador
sonriéndome, sus cuchillas de acero filosas
y listas.

Me encanta este juego
como al invierno le encanta la nieve
aunque pasé
el cuarto final
por culpa de las faltas
sentado en la banca.
JB estaba bastante perro
y ganamos
y yo perdí
la apuesta.

Cortar

Ya es hora de pagar, Filthy, JB dice.
riéndose
y agitando
las tijeras
en el aire
como una bandera.
Mis compañeros de equipo se reúnen alrededor
para saludar.
FILTHY, FILTHY, FILTHY, cantan ellos.

Él abre las tijeras
agarra mi cabello
para cortar una rasta.

No oigo
mi rasta
de oro
caer al piso,
pero sí oigo
el sonido
de calamidad
cuando Vondi
grita,
¡HÍJOLE!

calamidad

Un inesperado,
indeseable evento;
posiblemente físicamente dañoso.

Es decir: Si JB no hubiera estado
de payaso y jugueteando,
él habría mochado
una rasta
en vez de cinco
de mi cabeza
evitando
esta *calamidad*.

Es decir: Esta ENORME calva
en un lado
de mi cabeza
es una horrorosa
calamidad.

Es decir: Después del juego
a mamá casi le da un ataque
Cuando ella ve mi cabello,
¡Qué calamidad! dice,
agitando la cabeza
y diciéndole a papá que me lleve

a la peluquería
el sábado
para que me corten
el resto.

A mamá no le gusta que salgamos a comer

pero una vez al mes deja
que uno de nosotros escoja un restaurante
y aunque no lo deja tocar
la mitad de las cosas en el bufé
es el turno de papá
y él elige comida china.
Sé lo que realmente quiere
es la gallina y barbacoa de Pollards
pero mamá nos ha prohibido ir a ese lugar.

En el Golden Dragon
mamá sigue frunciendo el ceño
a JB por arruinar mi pelo.
Pero, mamá, fue un accidente, él dice.
*Pero lo sea o no, le debes
una disculpa a tu hermano,* ella le contesta.

Disculpa por haberte cortado tu pelo apestoso, Filthy, se ríe JB.
No es tan gracioso ahora, ¿verdad? le digo, hundiendo mis
nudillos
en su cabeza cueruda
hasta que lo salva papá del coscorrón.

Lleno mi plato con rollos de huevo y albóndigas.

Le pregunta JB a papá cómo nos vio.

Más o menos bien, muchachos, dice papá, *pero, JB, ¿por qué*
dejaste que ese chavo te presionara con su post? ¿Y Filthy,
qué onda con ese crossover flojo?

Cuando yo jugaba, nosotros nunca...

Y mientras papá nos cuenta otra historia

por centésima vez, mamá quita la sal

de la mesa y JB va al bufé.

Regresa con tres paquetes

de salsa de pato y una taza de caldo wonton

y me los pasa todos.

Papá se detiene, y mamá se queda mirando a JB.

Eso fue al azar, ella dice.

¿Qué? ¿A poco no es eso lo que pediste, Filthy? pregunta JB.

Aunque nunca abrí la boca,

digo, Gracias,

porque

sí es.

Perdido

No soy
un matemático—
$a + b$ rara vez
equivale a c.
Cantidades positivas y cantidades negativas,
nos llevamos bien
pero no estamos cerca.
No soy Pitágoras.

Y cada vez
que cuento los mechones
de cabello
debajo de mi almohada
termino con treinta y siete
más una lágrima,
que nunca
acierto a sumar.

El interior del armario de la recámara de mamá y papá

está fuera de nuestros límites,
así que cada vez que JB me pide
que entre allí para fisgar
las cosas de papá, le digo que no.
Pero hoy cuando le pido a mamá
una caja para poner mis rastas
me dice que tome
una de sus cajas de sombrero de domingo
del estante superior
de su armario.

Junto a su caja de sombreros púrpura está
la pequeña y plateada caja de seguridad de papá
con la llave en la cerradura
y prácticamente rogándome
que la abra,
así que lo hago, cuando, de repente:
¿Qué estás haciendo, Filthy?
De pie en la puerta
está JB con una mirada que dice: ¡TE CACHÉ!
Filthy, ¿a poco todavía me estás imponiendo la ley del hielo?
...
Estoy rete-sorry, eso de tu pelo, mano.

Te debo una, Filthy, así que voy a cortar
el pasto por el resto del año y
recoger las hojas... y lavar los carros
e incluso te lavaré el pelo.
¿Ah, tienes chistes, eh? le digo, entonces lo agarro
y le doy otro coscorrón.

¿Entonces, qué haces aquí, Filthy?

Nada, mamá dijo que podría usar su caja de sombrero.
Eso no se parece a una caja de sombrero, Filthy.
Déjame ver eso, dice.

50 Y así en un instante
estamos escarbando en una caja de recortes de periódico
sobre Chuck "Da Man" Bell
y talones de boletos rotos
y volantes viejos
y...

¡ÓRALE! Allí está, Filthy, dice JB.
Y aunque hemos visto a papá
usarlo muchas veces, tener ahora
su brillante anillo de campeón
en nuestras manos
es más que mágico.
Vamos a probárnoslo, le susurro.

Pero JB está un paso por delante, ya deslizándolo
en cada uno de sus dedos
hasta que encuentra uno que le queda.
¿Qué más hay por ahí, JB? le pregunto,
esperando que él se dé cuenta de que es mi turno
de ponerme el anillo de campeón de papá.

Hay un montón de artículos sobre
los triples dobles de papá, los récords de tres puntos,
y la vez que hizo cincuenta tiros libres
seguidos en las finales olímpicas, él dice,
finalmente, entregándome el anillo,
y un artículo italiano
sobre el crossover de papá *bellissimo*
y su contrato multiaño de un millón de dólares.
con la liga europea.

Ya sabemos todas estas cosas, JB.
¿Algo nuevo, o cosas de tipo secreto? pregunto.
Y luego JB saca un sobre de manila.
Lo agarro, leo PRIVADO.
estampado en la parte delantera.
En el momento
en que decido devolverlo
JB lo arrebata.
Hagámoslo, dice.
Me resisto, listo para tomar

la púrpura caja de sombrero
y volar,
pero siento que el misterio
es demasiado.

Lo abrimos. Hay dos cartas.
La primera carta dice:
Chuck Bell, a los Lakers de Los Ángeles les gustaría
invitarlo a nuestras pruebas de agentes libres.
Abrimos la otra. Comienza:
Su decisión de no hacerse la cirugía
significa en verdad que
con tendinitis de la rótula,
usted no va a poder jugar

otra vez.

tendinitis patelar

El trastorno
que surge cuando el músculo
que conecta la rótula
al hueso de la espinilla
se irrita
debido al uso excesivo,
especialmente por las actividades de salto.

Es decir: En el estante superior
del armario de mamá y papá
en una caja de seguridad de plata
JB y yo descubrimos
que mi papá tiene rodilla de saltador,
alias *tendinitis patelar*.

Es decir: Como novato,
mi padre llevó a su equipo
al campeonato de la Euroliga,
pero por culpa de la *tendinitis patelar,*
pasó de ser una superestrella
con un salto fadeaway de un millón de dólares
a una estrella
cuya carrera
se había desvanecido.

Es decir: Me pregunto por qué mi papá

nunca se hizo una cirugía

en su *tendinitis patelar.*

Domingos después de la iglesia

Cuando terminan las oraciones
y las puertas se abren
los Bells saltan al centro del escenario
y el telón se abre para
el juego espontáneo de la tarde
en el gimnasio
en el centro recreativo del condado.
El elenco está lleno de los de siempre
y novatos
con nombres de caricatura como
Flapjack,
Scoobs
y Cookie.
El soundtrack rompe con hip-hop.
Los bajos son la bomba.
La multitud como una ola.
Hay música y burla,
burla sin parar, pero
cuando comienza el juego
toda la charla se rinde.
Mi papá me pasa la pelota como con pala.
Yo se la paso por-detrás-de-la-espalda a JB,
quien se clava una de tres desde veinte pies.
Mira, así la hacemos.
Domingos después de la iglesia.

Regla del básquet #2

(Palabras al azar de papá)

Métele pícale
Tuerce empuja
Corre rápido
Cambia pivote
Persigue aprieta
Apunta dispara
Trabaja inteligente
Vive más inteligente
Juega duro

Entrena más duro

Chicas

Entro al comedor con JB.

Las cabezas se voltean.

No estoy calvo como JB.

Pero mi pelo está lo suficientemente similar

para que la gente que sale corriendo

me vea de redoble.

Al fin, después de que nos sentamos a nuestra mesa,

las preguntas salen:

¿Por qué te cortaste el pelo, Filthy?

¿Cómo podemos saber quién es quién?

JB responde, *Yo soy el mero chido,*

quien hace tiros libres,

y yo grito,

YO SOY EL QUE PUEDE CLAVARLA.

Los dos nos echamos a reír.

Una chica que nunca hemos visto antes

en jeans apretados y Reeboks rosas,

se acerca a la mesa.

Los ojos de JB son anchos como el mar,

su boca nadando hasta el suelo,

su sonrisa de payaso, embarazosa.

Así que cuando ella dice:

¿Es verdad que los gemelos

saben lo que cada uno está pensando?

Le digo a ella
no tienes que ser su *gemelo*
para saber
lo que *él* está pensando.

Mientras Vondie y JB

argumentan si la nueva chica
es una bombón o simplemente bella,
una *hottie* o una *cutie*,
una *lay-up* o una *dunk*,
termino mi tarea de vocabulario—
y la tarea de vocabulario de mi hermano,
que no me importa
ya que el inglés es mi materia favorita
y él me lavó los platos la semana pasada.
Pero es difícil concentrarse
en el comedor
con el equipo de *step* de las chicas
practicando en una esquina,
un grupo de rap actuando en el otro,
y Vondie y JB
derramándose poéticamente
sobre el amor y el básquet.
Así que cuando preguntan,
¿Qué piensas, Filthy?
Les digo a ellos
Ella es pulquérrima.

pulquérrima

Teniendo gran belleza física
y de gran atracción.

Es decir: Cada chico
en el comedor
está tratando de ligar
con la nueva chica
porque ella es *pulquérrima*.

Es decir: Nunca he tenido una novia,
pero si la tuviera, puedes apostar
que ella sería *pulquérrima*.

Es decir: Espera un minuto—
¿Por qué la nueva chica *pulquérrima*
le está hablando
a mi hermano?

Entrenamiento

El entrenador nos lee de
El arte de la guerra:
Una estrategia ganadora es
no planear nada, dice.
Consiste en respuestas rápidas
a las condiciones cambiantes.
Entonces nos hace hacer
ejercicios de trabajo de pies
seguido por
cuarenta sprints de viento
desde la línea de base
a media cancha.
El ganador no
tiene que practicar hoy, dice el entrenador:
y Vondie despega
como el *Apolo 17,*
sus piernas largas
dándole ventaja,
pero yo soy el chico más rápido
en el equipo,
así que en la última vuelta
corro duro
avanzo por un pie,
y aunque no lo planeo,

lo dejo ganar

y me preparo para practicar

más fuerte.

Caminando a casa

Oye, JB, ¿crees que podemos ganar
el campeonato del condado este año?
No lo sé, mano.

Oye, JB, ¿por qué crees
que papá nunca se operó
de la rodilla?
Mano, no lo sé.

Oye, JB, ¿por qué no puede comer papá? —
Mira, Filthy, ganaremos
si dejas de fallar tiros libres.

A nadie le gustan los médicos.

Y papá no puede comer comida con demasiada sal
porque mamá le dijo que no podía.

¿Alguna pregunta más?

Sí, una más.

¿Quieres jugar
a veintiuno
al llegar a casa?

Por supuesto. *¿Tienes diez dólares?* pregunta él.

De hombre a hombre

En la entrada para el carro, ando

        AGITANDO Y COCINANDO

No quieres probar esto, le digo.

Estoy a punto de ENGANCHARla EN el HOYO.

Mantén los ojos en la bola.

Odiaría verte

C

A

E

R

Deberías haber ido con tu CHICA

al mall.

Solo juego a la pelota, grita JB.

Okey, pero TRUCHA, mi CARNAL,

AMANTE DE TARHEEL.

Estoy a punto de ir **CLAN**

             DESTINO.

Entonces llégale, dice.

Y lo hago, derechito hasta la torre.

Tan FINOOOOOOOO, que lo hago

        que se borre.

Tan *nasty,* \que'l suelo hay que trapear.

Pero antes de que pueda disparar,

mamá nos hace parar:

¡Josh, ven a limpiar tu cuarto!

Después de cenar

Papá nos lleva
al Rec
a practicar
tiros libres
con una mano
mientras él se para
dos pies delante
de nosotros,
volando sus manos frenéticamente
en nuestras caras.
Te enseñará a enfocarte, nos recuerda.

Tres jugadores
de la universidad local
reconocen a papá
y le piden
su autógrafo
            "para nuestros padres".
Papá se ríe
junto con ellos.
JB los ignora.
Los desafío:
¿A poco será tan divertido
cuando los recortemos
a ustedes novatos? digo.

AHHHH, ¿este chico tiene ganas,

como su viejo? el más gandalla dice.

Hablar es barato, dice papá. *Si la quieren hacer,*

la hacemos. El primero que llegue de uno a once.

El alto le pregunta a papá si necesita muletas,

luego me tira la pelota,

y comienza el juego,

Justo después de que JB grita:

¡Perdedor paga veinte dólares!

Después de ganar

veo a la chica
que viste Reeboks rosas
tirando canasta
en la otra cancha.
¿Ella también juega?
JB se acerca a ella
y puedo ver
que a él le gusta
porque cuando ella entra
para un lay-up,
él no golpea
la pelota locamente
como intenta
hacer conmigo.
Él nomás se queda allí
viéndose atontado,
sonriéndole
en la otra cancha
a la chica
que viste Reeboks rosas.

Papá nos lleva a Krispy Kreme y
nos cuenta su historia favorita (otra vez)

¿No ha dicho mamá que no más donas? JB le pregunta a
papá.
Lo que tu madre no sabe
No le hará daño, responde él, mordiendo
su tercera rosquilla glaseada de chocolate.
Buen básquet hoy. Castigamos
a esos chicos como si hubieran robado algo, agrega.
¿Por qué no tomamos su dinero, papá? pregunto.
Eran chiquillos, Filthy, como ustedes.
La mirada en sus caras.
después de vencerlos
once a nada
fue suficiente para mí.

¿Recuerdan
cuando tenían dos años
y les enseñé el juego?
Tenían un biberón en una mano
y una pelota en la otra,
y mamá pensaba que yo estaba loco.
Sí ESTABA loco.
Locamente lleno de amor.
Por mis gemelos.

Una vez, cuando tenían tres años,
los llevé al parque
para lanzar tiros libres.
El tipo que trabajaba allí dijo:
"Esta canasta es de diez pies de altura.
Para chavos mayores. Para chavillos como los tuyos
sería como dispararle al sol.
Y luego se echó a reír.
Y le pregunté si una persona sorda
podría escribir música, y él dijo,
"¿Eh?" entonces
sacó una llave y me dijo:
"Les voy a bajar el gol".

Lo recordamos, papá.
Y luego nos dijiste que Beethoven
fue un famoso músico sordo,
y cuantas veces tenemos que escuchar
lo mismo—
Y
papá me interrumpe:
Interrúmpeme otra vez y empezaré de nuevo.
Como estaba diciendo,
les entregué a ambos una pelota.
Los paré entre la línea de falta
y el aro. Les dije que dispararan.
Y así fue. Pura música. Como

la apertura de la Quinta de Beethoven.
Da da da duhhhhhhhhhh. Da da da duuuuuuuuuuuuh.
Sus disparos silbaron. Como un tren
entrando a la estación. Esperaba
que lo lograran. Y así fue.
El tipo estaba en shock.
Me tiró una mirada
como
si se le hubiera ido
el tren.

Regla del básquet #3

Nunca dejes a nadie
que baje tus metas.
Las expectativas de ustedes
por los demás están determinadas
por sus límites
de vida.
El cielo es su límite, hijos.
Disparen siempre
hacia el sol
y *brillarán*.

El play-by-play de Josh

Los Red Rockets,
campeones defensores del condado,
están en la *house* esta noche.
Trajeron toda su escuela.
Este lugar supura carmesí.
Nos están ganando
veintinueve a veintiocho
con menos de un minuto para el final.
Estoy en la línea de tiros libres.
TODO lo que tengo que hacer
es lograr los dos disparos
para ponernos por delante.
El primero es pa'llá, PA'RRIBA, y—
¡CLANK!—golpea el aro.
El segundo se ve... bien... chido...
¡FALLÉ DE NUEVO!
Pero
Vondie agarra el rebote,
un nuevo veinticuatro en el reloj de tiro.
Número treinta y tres de los Rockets
despeja la bola de Vondie.
Este juego es como Ping-Pong,
con toda la ida y vuelta.
Él corre hacia el otro lado de la cancha
para un tiro fácil—

72

¡AYYYYYYYYYYY!

¡Houston, tenemos un problema!

Le llego

y golpeo

la bola sobre el tablero

¿A poco has visto algo como esto de un estudiante de

séptimo?

¡No lo creo!

JB y yo somos estrellas en potencia.

Los Rockets me caen con su defensa de presión.

Pero le llego a través de la línea justo a tiempo.

Quedan diez segundos.

Le paso la pelota a JB.

Ellos, de prisa, le hacen un doble equipo — no le quieren

dar un lanzamiento fácil de tres.

Quedan cinco segundos.

JB lanza la bola.

Me arranco como un Learjet —

Se supone que los estudiantes de séptimo grado no deben

dar un mate.

¿Pero adivina qué?

Del aire arrebato la pelota y

¡ZAZ!

¡CAMOTES! ¡EN TU CAROTA!

¿A ver, pues, quién es *Da Man?*

Veamos eso de nuevo.

Oh, se me olvidó, que estamos en secundaria.

No hay repetición instantánea hasta la universidad.

Bueno, con juego como este.

allí es donde yo y JB

la vamos a hacer.

La nueva chica

viene a mí
después del partido,
su sonrisa es como un mar abierto
mi boca bien cerrada.
Buen dunk, dice ella.
Gracias.
¿Vienen al gimnasio
durante el break del Día de las Gracias?
¡Quizás!
Chido. Por cierto, ¿por qué te cortaste tus rastas?
Estaban algo cute.
De pie justo detrás de mí, Vondie se pone de risitas.
Algo cute, se burla.

Entonces JB se acerca.

Hey, JB, super juego.
Te traje un té helado, dice ella.
¿Es dulce? él pregunta.
Y así mero
JB y la nueva chica
están bebiendo té dulce
juntos.

Fallé tres tiros libres esta noche

Cada noche
después de cenar,
papá nos hace
disparar
tiros libres
hasta que hagamos diez
seguidos.

Esta noche él dice
que tengo que hacer
quince.

Regla del básquet #4

Si pierdes
suficientes de los tiros libres
de la vida
pagarás
en el final.

Tener una madre

vale cuando ella te rescata

del intento de tiro libre número treinta y seis,

tus brazos tan pesados como anclas de mar.

Pero puede ser malo

cuando tu madre

es la directora de tu escuela.

Malo de muchas maneras.

Siempre es *educación*

esto y la *educación aquello.*

Después de un juego de básquet de doble tiempo extra

solo quiero

tres cosas: comer, bañarme, dormir.

Lo último que quiero es ¡EDUCACIÓN!

Pero, cada noche,

mamá nos hace leer.

No sé cómo lo hace, pero

JB escucha su iPod

al mismo tiempo,

entonces él no me escucha

cuando le pregunto

si la Señorita Té Dulce es su novia.

Dice que está escuchando música clásica francesa,

que lo ayuda a concentrarse.

¡Sí, claro! Suena más como

Jay-Z y Kanye
en París.
Y es porque cuando mamá y papá comienzan a discutir,
él tampoco los oye.

Mamá grita

Hazte un examen. La hipertensión es genética.
Estoy bien, deja de postearme-alto, baby, susurra papá.

No juegues conmigo, Charles —esto no es un juego de baloncesto.
No necesito un médico, estoy bien.

Tu padre tampoco "necesitaba" un médico.
Estaba vivo cuando fue al hospital.

¿Así que ahora tienes miedo de los hospitales?
Nadie tiene miedo. Estoy bien. La cosa no está tan seria.

El desmayo es una broma, ¿sí?
Te divisé baby y me emocioné un poco. Ven y bésame.

No hagas eso...
Baby, no es nada. Nomás me mareé un poquitito.

¿Me amas?
Como el verano ama a las noches cortas.

Hazte un chequeo, entonces.
La única curación que necesito eres tú.

Es cosa seria para mí, Chuck.
El único médico que necesito es la Dr. Crystal Bell.
Ahora ven aquí...

Y luego hay silencio, así que pongo la almohada sobre mi
cabeza
porque cuando dejan de hablar,

sé lo que eso significa.
¡Ugggh!

hipertensión

Una enfermedad
de otra manera conocida como
alta presión sanguínea.

Es decir: Mamá no quiere que papá
coma sal, porque en exceso
aumenta el volumen
de sangre,
lo que puede causar *hipertensión*.

Es decir: *Hipertensión*
puede afectar a todo tipo de personas,
pero tienes un mayor riesgo
si alguien en tu familia
ha tenido la enfermedad.

Es decir: Creo que
¿mi abuelo
murió de *hipertensión?*

Quedarse dormido

Yo cuento
y recuento
las treinta y siete hebras
de mi pasado
en la caja
debajo de mi cama.

Por qué solo comimos ensalada para el Día de Acción de Gracias

Porque cada año

abuelita hace

una gran cena deliciosa

pero este año

dos días antes

del Día de Acción de Gracias

ella se cayó

de su escalera

en camino

a comprar comestibles

así que tío Bob

el hermano menor de mi madre

      (quien fuma puros

      y se cree un chef

      porque mira

      Food TV)

decidió preparar

un banquete

para toda la familia

que consistía en

macarrones sin queso

pan de maíz duro como el concreto

y un jamón de color verdoso

que motivó a mamá
a preguntar si tenía huevos
para acompañarlo
lo que hizo que abuelita se echara de carcajadas
tanto que se cayó de nuevo, esta vez
justo fuera de su silla de ruedas.

¿Cómo se deletrea "problemas"?

Durante la prueba de vocabulario
JB me pasa una nota doblada
para dársela a
Señorita Té Dulce
quien se sienta en el escritorio
en frente de mí
y quien se ve
rebuena
en sus capris de mezclilla rosa
y en acorde con sus sneaks.

Alguien abre una ventana.
Una brisa fría silba.
Su cabello baila a su propia canción.
En este momento se me olvida
la cosa de la prueba
y la nota
hasta que JB me pega en la cabeza con su Número 2.

En algún espacio entre
camaradería e *imbécil*
Toco su hombro desnudo café claro
con la nota.

En ese preciso momento
la cabeza del maestro se levanta
desde su escritorio, sus ojos clavados en mí.

Soy una mosca atrapada en una red.
¿Qué debo hacer?
Entregar la nota, avergonzar a JB;
u ocultar la nota, quemarme.
Miro a mi hermano
su frente es una fábrica de sudor.
La Señorita Té Dulce sonríe,
preciosos labios rosados y todo.

Sé lo que tengo que hacer.

Malas noticias

Me siento en la oficina de mamá
por una hora,
leyendo
folletos y panfletos
sobre la Fuerza Aérea y los Marines.

Ella entra y sale
manejando cosas de directora de secundaria:
un padre que protesta por la F de su hija;
un profesor sustituto llorando espinado de travesuras;
una ventana rota.

Después de una hora
ella finalmente se sienta
en la silla a mi lado
y dice, *La buena noticia es
que no te voy a suspender.*

*Las malas noticias, Josh,
son
que ni Duke ni ninguna otra universidad
acepta tramposos.
Ya que no puedo
hacerte un hombre decente
tal vez la Fuerza Aérea o los Marines puedan.*

Quiero decirle que no estaba haciendo trampas,
que todo esto es culpa de JB y la Señorita Té Dulce,
que esto nunca volverá a suceder,
que Duke es lo único que importa,
pero un tubo de agua estalla en el baño de las chicas.

Así que le digo que lo siento,
no volverá a suceder,
luego me voy rumbo a mi próxima clase.

Clase de gym

se supone que se trata de pelotas:
balones de vóleibol, pelotas de básquet o de sóftbol,
balones de fútbol—a veces abdominales
y siempre sudor.

Pero hoy el señor Lane dice
que no nos cambiemos de ropa.
Él está de pie frente a la clase,
un maniquí tirado en el suelo,

plástico, sin rostro, torso cortado por la mitad.
No estoy prestando atención
a nada de lo que está diciendo
ni al muñeco

porque
estoy viendo las notas que le pasa Jordan
a la Señorita Té Dulce. Y yo
me pregunto qué hay en las notas.

Josh, ¿por qué no vienes?
y me ayudas.
¿Qué? ¿Eh?
La clase se burla,
y antes de darme cuenta

estoy inclinando la cabeza del maniquí hacia atrás,

pellizcándole la nariz,

soplando en su boca,

y bombeando su pecho

treinta veces.

Todo el rato

pensando que si la vida es realmente justa

un día yo seré el único

que le escriba notas a una chica dulce

y JB tendrá que aplastar sus labios

en la boca sudorosa de algún maniquí.

SEGUNDO CUARTO

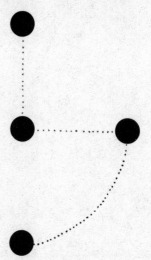

Plática

Oye, JB,
jugué un juego informal
hoy en el rec.
Al principio, los veteranos se rieron
y no me dejaban entrar
a menos que pudiera tirar desde media cancha...

Por supuesto lo hice. Pura red.

Espero que JB diga algo,
pero él solo sonríe,
sus ojos lunáticos.

Les mostré a esos chicos
cómo los Bell tiran la bola.
Hice catorce puntos.
Me dijeron que debía
probar para junior varsity el próximo año
porque tengo super saltos...

JB, ¿estás escuchando?

JB asiente, sus dedos pulsando libres
en la computadora, chateando
probablemente con
Señorita Té Dulce.

También les conté a ellos, los meros meros, sobre ti.
Dijeron que podríamos volver y
pasarla con ellos en cualquier momento.
¿Qué opinas sobre eso?

HOLAAAAAA—¿Tierra a JB?

Aunque sé que él me oye,
lo único que JB está escuchando
es el sonido de su corazón
rebotando
en la cancha del amor.

Plática

Papá, esta chica está haciendo
a Jordan comportarse raro.
Él está aquí, pero no lo está.
Siempre está sonriendo.
Sus ojos se vuelven espaciales
cada vez que ella está cerca,
y a veces también cuando no lo está.
Lleva tu colonia.
Él siempre
texteándola.
Incluso llevó chanclas a la escuela.
Papá, tienes que hacer algo.

Papá hace *algo*.
Se ríe.

Filthy, hablar con tu hermano
en este momento
sería como empujar el agua cuesta arriba
con un rastrillo, hijo.

Esto no es de chistes, papá.
Dile algo
a él. Por favor.

Filthy, si alguna chica
ya atrapó a JB,
se va derechito al bote.
Ahora pues vamos a ir por unas donas.

Regla del básquet #5

Cuando
dejas
de jugar
tu juego
ya
perdiste.

Showoff

GANANDO por dieciséis
con *seis segundos*
restantes, JB sonríe,
luego FLOSSEA
ladea
       pasea
           menea
Gira, y
C
L
A
V
A
un chido LOCO RESBALOSO
DULCISSSSSIMO
tirazo de SIETE pies.

Ay sí, que chulón se cree.

Fuera de control

¿Me estás tomando el pelo?
Venga. Ref, pele los ojos.
Ray Charles pudo haber visto
que ese chiquillo caminó.
¡MARQUE LA FALTA !
¡Ustedes son TERRIBLES!

Mamá no estaba
en el juego
esta noche,
lo que significa
que toda la noche
papá estaba libre
para gritarles
a los árbitros,
que es lo que hizo.

Mamá me llama a la cocina

después de llegar a casa luego de darles una paliza a los de

St. Francis. Normalmente ella quiere

que yo pruebe los macarrones con queso

para asegurarse de que son lo suficientemente *cheesy,*

o el pollo frito al horno

para asegurarse de que no es grasiento y

otras cosas, pero hoy sobre la mesa

hay algo asqueroso

un dip cremoso anaranjado con manchas marrones en él.

Una charola de triángulos de pan de pita está al lado.

Tal vez Mamá tiene una de

sus reuniones del club de lectura.

Siéntate, dice ella. Me siento tan lejos

del dip como sea posible.

Tal vez el pollo está en el horno.

¿Dónde está tu hermano? ella pregunta.

Probablemente en el teléfono con esa *chica.*

Ella me da una pita.

No gracias, digo, entonces me levanto

para irme, pero ella me da una mirada

señalándome que no ha terminado

conmigo. Tal vez el mac está en el horno.

Hemos hablado con ustedes dos sobre

su abuelo, dice ella.

Él fue un buen hombre. Siento que nunca lo conocieron, Josh.

Yo también, se veía bien chido en sus uniformes.

Ese hombre estaba más allá de cool.

Papá dijo que solía maldecir

mucho y hablar de la guerra.

La risa de mamá es breve, después se detiene.

Sé que te dijimos

que tu abuelo murió después de una caída, pero

la verdad es que se cayó porque tuvo un derrame cerebral.

Tenía una enfermedad cardíaca. Agravada por

muchos años de mal comer y no tener

cuidado de sí mismo y así—

¿Que tiene esto

que ver con nada? pregunto,

aunque creo que ya lo sé.

Bueno, nuestra familia tiene una historia.

de problemas del corazón, ella dice,

así que vamos a empezar a comer mejor.

Especialmente papá. Y vamos a

empezar esta noche con

algo de hummus y

pan de pita.

¿PARA MI CENA DE VICTORIA?

Josh, vamos a tratar de evitar las fritangas.

y el Golden Dragon. Y cuando tu papá

te lleve al centro de recreación,

no más Pollard's o Krispy Kreme después, ¿entiendes?

Y entiendo más de lo que ella cree.

¿Pero a poco el hummus es realmente la solución?

35-18

es el puntaje final
del sexto partido.
Un reportero local
nos pregunta a JB y a mí
cómo nos pusimos tan chidos.
Papá grita detrás de nosotros,
¡Aprendieron de Da Man!
La multitud de padres y alumnos
detrás de nosotros se ríen.

Camino a casa
papá pregunta si deberíamos parar.
en Pollard's.
Le digo que no tengo hambre
además tengo mucha tarea
aunque
me salté el almuerzo hoy
y terminé mi tarea
durante el medio tiempo.

Demasiado chido

Últimamente, he estado sintiendo
como que todo en mi vida
va bien:
Vencí a JB en *Madden*.
Nuestro equipo está invicto.
Saqué una A+ en la prueba de vocabulario.
Además, mamá está fuera en una conferencia,
lo que significa
que tampoco está la subdirectora.

Aunque estoy un poco preocupado,
porque, como le gusta decir al entrenador,
puedes acostumbrarte a
que las cosas vayan bien
pero nunca estás preparado
para que
algo vaya mal.

Estoy en el número veintisiete de tiros libres

Nos turnamos,
cambiando cada vez que perdemos.
JB le ha pegado al cuarenta y uno,

los últimos doce seguidos.
Filthy, no te atrases, mano, no te atrases, dice.
Papá se ríe a carcajadas y dice:

*Filthy, tu hermano está dando
una clase de tiro libre. Tienes que—*
Y de repente se tuerce,

una mirada de horror en el rostro,
y comienza a toser
mientras agarra su pecho,

solo que no sale ni un sonido. Me congelo.
JB corre hacia él.
Papá, ¿estás bien? él pregunta.

Todavía no puedo moverme. Hay una corriente
de sudor en la cara de papá. Tal vez
está sobrecalentado, digo.

Su boca se tuerce
como un pequeño túnel. JB agarra
la manguera de agua, voltea

la llave al nivel más alto y rocía a
papá. Algo de eso llega a la boca de papá.
Entonces oigo el sonido

de la tos, y papá ya no se inclina
contra el coche, ahora se está moviendo
hacia la manguera, y riéndose.

También JB.
Entonces papá agarra la manguera
y nos rocía a los dos.

Ahora me estoy riendo también,
pero solo
por fuera.

Probablemente

se le atoró algo
en la garganta,
dice JB
cuando le pregunto
si pensaba que
papá estaba enfermo
y si no deberíamos
decirle a mamá
lo que pasó.

Entonces, cuando suena el teléfono,
es irónico
que después de decir bueno,
me tira el teléfono,
porque aunque
sus labios se están moviendo,
JB se queda sin habla,
como si tuviera algo atorado
en la
garganta.

irónico

Tener una curiosa o humorística
secuencia inesperada de eventos
marcada por la coincidencia.

Es decir: El hecho de que Vondie
odia la astronomía
y su madre trabaja para la NASA
es *irónico*.

Es decir: ¿No es *irónico*
que Grandpop murió
en un hospital
y a papá no le gustan
los doctores?

Es decir: ¿No es *irónico*
que el payaso JB,
con todo su estilazo,
es demasiado tímido
para hablar
con la Señorita Té Dulce,
y entonces me da el teléfono?

Habla Alexis —— ¿Por favor, me permites hablar con Jordan?

Los gemelos idénticos
no son diferentes
de todos los demás,
excepto en que nos parecemos y
a veces sonamos
exactamente iguales.

Conversación telefónica (Soy el suplente de JB)

¿Era ese tu hermano?
Sí, ese era Josh. Soy JB.

Sé quién eres, menso — te llamé.
Ahh, vale. ¿Tienes hermanos, Alexis?

Dos Hermanas. Soy la más joven.
Y la más bonita.

No las has visto.
No es necesario.

Qué dulce.
Dulce como la granada.

Bueno, eso lo improvisaste.
Ese soy yo.

Jordan, ¿puedo preguntarte algo?
Segurolas.

¿Recibiste mi texto?
Ehh, sí.

Entonces, ¿cuál es tu respuesta?
Ehh, mi respuesta. No lo sé.

Deja de hacerte el tonto, Jordan.
No lo hago.

Entonces dime tu respuesta. ¿Pues ustedes to's ricos?
No lo sé.

¿No jugó tu papá en la NBA?
No, jugó en Italia.

Pero aun así, ganó mucho dinero, ¿verdad?
No es que seamos opulentos.

¿Quién dice "opulento"?
Yo.

Nunca usas esas palabrejas en la escuela...
Tengo una reputación que defender.

¿Está bien chido?
¿Quién?

Tu papá.
Rete.

Entonces, ¿cuándo me presentarás?
¿Presentarte?

A tus padres.
Estoy esperando el momento adecuado.

¿Y cuándo es, pues?
Ehhh —

Entonces, ¿soy tu novia o no?
Eeh, ¿puedes esperar un segundo?

Claro, ella dice.

Cúbreme la boquilla, JB me gestiona.
Lo hago, luego le susurro:

Ella quiere saber si eres su novio.
Y cuándo vas a presentarla

a mamá y papá. ¿Qué debo decirle, JB?
Dile que sí, supongo, quiero decir, no lo sé.

Tengo que orinar, dice JB, corriendo.
Sale de la habitación, dejándome todavía en sus zapatos.

Okeh, estoy de vuelta, Alexis.
Entonces, ¿cuál es la onda, Jordan?

¿Quieres ser mi novia?
¿Me estás pidiendo que sea tu chica?

Ehh, creo que sí.
¿Crees que sí? Bueno pues, me tengo que ir.

Sí.
¿Sí qué?

Me gustas. Mucho.
También me gustas… Precious.

Entonces, ¿ahora soy precioso?
Todos te llaman JB.

Entonces supongo que es oficial.
Pásame un texto al rato.

Ehh, buenas noches, Señorita Té—
¿Cómo me llamaste?

Ehh, buenas noches, mi dulzura.
Buenas noches, Precious.

JB sale corriendo del baño.
¿Qué dijo, Josh? Ándale, dime.

Ella dice que le gusto mucho, le digo.
¿Quieres decir que yo *le gusto mucho?* él contesta.

Simón...
eso quise decir.

JB y yo

almorzamos
juntos
todos los días,
tomando mordidas
de la ensalada de atún
de mamá
en pan de trigo
entre discusiones:
¿Quién es el mejor dunker,
Blake o LeBron?
¿Cuál es superior,
Nike
o Converse?
Solo que hoy
yo espero
frente a nuestra mesa
por veinticinco minutos
texteando a Vondie
                (nostálgico),
comiendo una taza de fruta
                (solo),
antes de ver
a JB pavoneando
en el comedor

con la Señorita Té Dulce
sosteniendo su
mano *preciosa*.

Un chavo entra a un cuarto

con una chica.
Ellos vienen hacia mí.
Él dice, *Hey, Filthy McNasty*
como ha dicho siempre,
pero suena diferente
esta vez,
y cuando él se ríe,
ella también
como si mi apodo fuera
el remate
grosero
de una broma privada
entre ellos.

En el entrenamiento

el entrenador dice que tenemos que trabajar

nuestro juego mental.

Si *pensamos*

que podemos vencer a la secundaria de Independence—

que defienden el campeonato,

es el primer equipo en la clasificación,

y el único otro equipo invicto—

luego lo haremos.

Pero en lugar de ejercicios

y sprints,

nos sentamos sobre nuestros traseros,

haciendo sonidos extraños

Ohmmmmmmmm Ohmmmmmmmm—

y meditamos.

De repente me viene la visión

de JB en un hospital.

Rápidamente abro mis ojos,

me doy la vuelta

y lo veo mirando

directamente hacia mí como si hubiera visto

un fantasma.

Segunda persona

Después del entrenamiento, caminas solo a casa.

Esto te resulta extraño, porque

desde que tienes memoria

siempre ha habido una segunda persona.

En la milla larga y caliente de hoy,

rebotas tu balón,

pero tu mente

está en otra cosa.

No en si vas a llegar a los playoffs.

Ni la tarea.

Ni siquiera en lo que hay para cenar.

Te preguntas lo que JB

y su novia de Reeboks rosas están haciendo.

No quieres ir a la biblioteca.

Pero vas.

Porque tu informe sobre *The Giver* se entrega

mañana.

Y JB tiene tu copia.

Pero él está con ella.

No aquí contigo.

Lo cual es injusto.

Porque él no discute

contigo sobre quién es el mejor,

Michael Jordan o Bill Russell,

como solía hacerlo.

Porque JB no va a comer el almuerzo
contigo mañana
o al día siguiente,
o la próxima semana.
Porque estás caminando a casa
solo
y tu hermano es el dueño del mundo.

Sujetavelas

Entras a la biblioteca,

Echas un vistazo a la sección de música.

Hojeas las revistas.

Incluso te sientas en un escritorio y finges estudiar.

Le preguntas a la bibliotecaria dónde puedes encontrar

The Giver.

Ella dice algo extraño:

¿Encontraste a tu amiga?

Entonces ella señala arriba.

En el segundo piso,

pasas por las computadoras.

Chicos revisan su Facebook.

Más gente en fila esperando

para revisar su Facebook.

En la sección de Biografía

ves a un viejo

leyendo *The Tipping Point.*

Caminas por el último pasillo,

Ficción para Adolescentes,

y ves la razón por la que estás aquí.

Tú quitas el libro

del estante.

Y ahí,

detrás de la última fila de libros,

encuentras

la "amiga"
de la cual la bibliotecaria estaba hablando.
Solo que ella no es tu amiga
y ella está besando
a tu hermano.

tipping point

El punto
en que un objeto cambia
desde una posición
a una nueva,
completamente diferente.

Es decir: Mi papá dice que *el tipping point*
de la economía de nuestro país
fue darles casa a los apostadores
y a los banqueros codiciosos.

Es decir: Si recibimos una C
en nuestras libretas de calificaciones,
temo que
mamá alcanzará
su *tipping point*
y ese será el fin
del básquet.

Es decir: Hoy en la biblioteca,
subí las escaleras,
caminé por un pasillo,
saqué *The Giver*
del estante
y encontré
mi *tipping point.*

La razón principal por la que no puedo dormir

no es por el
juego de mañana en la noche,
no es porque
el rastrojo en mi cabeza se siente
como bichos que estan break-dancing en él,
Ni siquiera es porque estoy preocupado por papá.

La razón mayor por la que
no puedo dormir esta noche
es porque
Jordan está en el teléfono
con la Señorita Té Dulce
y entre las risitas
y la respiración
él le dice a ella
que ella es
la manzana de
su ojo
y que el quiere
pelarla
y meterse bajo su piel
y dame un descanso.

Todavía tengo hambre
y justo ahora
quisiera tener
una manzana
para mí mismo.

Sorprendido

Lo tengo todo planeado.
Cuando caminemos al partido.
Hablaré con JB
hombre a hombre
sobre cómo está pasando
mucho más tiempo con Alexis
que conmigo
y papá.

Excepto cuando oigo
el claxon,
miro afuera
de mi ventana y está lloviendo
y JB se está subiendo
a un carro
con la Señorita Té Dulce y su papá,
arruinando mi plan.

Conversación

En el carro
le pregunto a papá

que si ir al doctor
lo matará.

Él me dice que
no confía en los doctores,

que mi abuelo sí
y mira dónde quedó:

seis pies debajo tierra
a los cuarenta y cinco.

Pero mamá dice que tu papá
estaba realmente enfermo, le digo,

y papá solo pone los ojos en blanco,
así que intento algo diferente.

Le digo
solo porque tu compañero de equipo

recibe una falta en un lay-up
no significa que no debes

atacar la zona de nuevo.
Me mira y

se ríe tan fuerte,
que casi no oímos

las luces azules destellando
detrás de nosotros.

Hora del juego: 6:00 p.m.

A las 5:28 p.m.
un policía
nos detiene
porque papá tiene
una luz trasera
rota.

A las 5:30
el oficial se acerca a
nuestro auto
y le pide a papá
su licencia de conducir
y matrícula.

A las 5:32
el equipo sale
del vestuario y
los calentamientos
antes del partido
empiezan
sin mí.

A las 5:34
papá le explica
al oficial

que su licencia
está en su cartera,
que está en su chaqueta
en casa.

A las 5:37
papá dice: *Mire, jefe,*
mi nombre es Chuck Bell
y solo estoy tratando
de llevar a mi muchacho
a su juego de básquet.

A las 5:47
mientras el entrenador dirige
a los Wildcats
en su oración de equipo
ruego que papá
no sea arrestado.

A las 5:48
el policía sonríe
después de verificar
la identidad de papá
en Google, y dice,
¡Eres "Da Man"!

A las 5:50
papá raya su autógrafo
en una servilleta de Krispy Kreme
para el oficial
y recibe una advertencia
por su luz trasera que está rota.

A las 6:01
llegamos al juego
pero en mi sprint
llegando al gimnasio
me resbalo y caigo
en el lodo.

Este es mi segundo año

jugando
para los Reggie Lewis Wildcats
y he empezado cada juego
hasta esta noche,
cuando el entrenador me dice
que me vaya a la ducha
y luego busque un asiento
en la banca.

Cuando trato de decirle
que no fue mi culpa
él no quiere escuchar
nada sobre sirenas y luces traseras rotas.
Josh, mejor una hora temprano.
que con un minuto de atraso, dice,
volviendo su atención
a JB y los chicos
en la cancha,

todos ellos me señalan
y se ríen
de mí.

Regla del básquet #6

Un gran equipo
tiene un buen tirador
con un compañero de equipo
perfecto en su juego
y listo
para asistir.

El play-by-play de Josh

Al principio
de la segunda mitad
estamos por delante veintitrés a doce.
Entro al partido
por primera vez.
Estoy feliz
solo por estar de vuelta en la zona.
Cuando mi hermano y yo
estamos juntos en la cancha
este equipo es
imparable,
imbatible.
Y sí,
inconquistable.
JB lleva la pelota a la cancha.
Pasa la bola a Vondie.
Se la devuelve a JB.
Pido por la pelota.
JB me encuentra en la esquina.
Yo sé que to's piensan
que's la hora del pick-and-roll,
pero tengo otra cosa pensada.
Recibo la pelota por el lado izquierdo.
JB está moviendo el pic.
Aquí viene—

La doy hacia su derecha.
La defensa de dos contra uno
está sobre mí,
dejando libre a JB.
Él tiene las manos en el aire,
esperando
mi pase.
A papá le gusta decir,
Cuando Jordan Bell está abierto
puedes llevar sus tres al banco,
en efectivo, porque's pura plata.
Esta noche, me voy a aventar.
Veo a JB todavía bien libre.

McDonald's drive-thru abierto.
Pero tengo mis propios planes.
La defensa de dos contra uno
todavía me persigue
como plumas sobre un pájaro.
¿Alguna vez has visto volar un águila?
Tan alto, tan chido.
Así son mis alas
y ahí es cuando me doy cuenta:
MIS. ALAS. SE. FUERON.
El coach
Hawkins está fuera de su asiento.
Papá está de pie, gritando.
JB está gritando.

La gente está gritando,

¡FILTHY, PASA LA BOLA!

El reloj de tiro marca 5.

Lanzo de bola fuera del double-team.

4

Todo llega a un punto crítico.

3

Veo a Jordan.

2

¿La deseas tanto? ¡AQUÍ TE VA PUES!

1…

Antes de

Hoy, entro al gym
cubierto de más tisne que una chimenea.
Cuando JB grita *FILTHY'S McNasty*,
todo el equipo se ríe. Incluso el entrenador.

Luego me me mandan a la banca durante toda la primera
mitad. Por llegar tarde.
Hoy, observo mientras nos adelantamos con gran ventaja,
y JB hace cuatro de tres consecutivos.
Escucho a la gente darle aclamaciones a JB, especialmente
papá y mamá.

Entonces veo a JB guiñar el ojo a la Señorita Té Dulce.
Después de que hace un tiro libre estúpido.
Hoy, por fin me meto en la onda del juego.
Al inicio de la segunda mitad.

JB me arregla un pic perrón.
Así como el entrenador nos mostró en el entrenamiento,
Y me presionan con la defensa de dos contra uno
así como esperábamos.

Hoy, miro a JB abrirse y señalarme para que le tire la bola.
Pero, driblo, tratando de salir de la trampa,
y observo mientras el entrenador y papá me gritan
para que la pase.

Hoy, planeo pasarle la bola a JB.
pero cuando lo oigo decir "FILTHY",
dame la pelota", driblo
hacia mi hermano

y disparo un pase
tan duro,
que lo derriba,
la sangre

de su nariz
sigue derramándose
después de que
el zumbador del reloj de tiro suena.

TERCER CUARTO

Después

En el breve viaje a casa
desde el hospital

no hay música de jazz
ni hablar de canasta,
solo silencio brutal,

las palabras sin palabras
son volcánicas y pesadas.
Papá y mamá,
están solemnes y heridos.

JB, vendado y lastimado,
se apoya contra la ventana de su asiento trasero
y con menos de dos pies
entre nosotros
me siento a millas de distancia

de todos ellos.

Suspensión

Siéntate, dice mamá.

Se siente como si estuviéramos en su oficina.

¿Puedo hacerte un sándwich?

Pero estamos en la cocina.

¿Quieres un vaso grande de soda de naranja?

Mamá nunca nos deja tomar refrescos.

Come, porque este puede ser tu último bocado.

Aquí viene...

Los chicos sin autocontrol se convierten en hombres tras las rejas.

...

¿Has perdido la cabeza, hijo?

No.

¿A poco tu padre y yo te educamos para ser grosero?

No.

Entonces, ¿qué te ha pasado estas últimas semanas?

...

Suelta ese sándwich y contéstame.
Supongo que solo he estado—

¿Tú has estado solo qué? ¿TRASTORNADO?
Uh—

¡NO ME DIGAS "UH"! Habla como si tuvieras un poco de consciencia.
No quise lastimarlo.

Podrías haber herido a tu hermano de por vida.
Lo sé. Lo siento, mamá.

¿Te arrepientes de qué?

 …

Estoy confundida, Josh. Hazme entender. Cuando te convertiste en un bruto?
No lo sé. Solo estaba un poco enoj...

¿Te vas a enojar cada vez que JB tenga novia?
No era solo eso.

Entonces, ¿qué era? Estoy esperando.
No lo sé.

Bien, ya que tú no sabes, esto es lo que sé...
Nomás estaba un poco molesto.

No es suficiente. Tu comportamiento fue inaceptable.
Dije que lo siento.

De hecho lo dijiste. Pero tienes que decírselo a tu hermano,
no a mí.
Lo haré.

Siempre hay consecuencias, Josh.
Aquí viene: Platos por una semana, sin celular, o peor, sin
Rec los domingos.

Josh, tú y JB están creciendo.
Lo sé.

Ustedes son gemelos, no la misma persona.
Pero eso no significa que tenga que parar de quererme.

Tu hermano siempre te amará, Josh.
Supongo que sí.

Los chicos sin disciplina terminan en la cárcel.
Sí, te oí la primera vez.

No te hagas el chido conmigo y termines en más problemas.

¿Por qué siempre estás tratando de asustarme?

Ya acabamos. Tu papá te está esperando.

Está bien, pero ¿cuáles son las consecuencias?

Estás suspendido.

¿De la escuela?

Del equipo.

...

churlish

Tener mal genio, y
ser un mal compañero con los demás.

Es decir: Quería un par
de las zapatillas de deporte de Stephon Marbury
(Starburys)
pero papá lo llamó
un millonario egoísta
con una mala actitud,
y porque quería yo
estar asociado
con tal *grosero*.

Es decir: No entiendo
como pasé
de molesto
a gruñón
a francamente
churlish.

Es decir: ¿Cómo te disculpas
con tu hermano gemelo
por ser *churlish*—
por casi
haberle roto
la nariz?

Esta semana, yo

recibo mi boleta de calificaciones.
Estoy en la lista de honor.

Miro al equipo ganar
el noveno partido.

Soy voluntario
en la biblioteca.

Almuerzo solo
cinco veces.

Evito
a la Señorita Té Dulce.

Camino a casa
solo.

Limpio el garaje
durante el entrenamiento.

Trato de expiar la onda
día y noche.

Me siento al lado de JB en la cena.
Él se mueve.

Le cuento un chiste.
Ni siquiera sonríe.

Hago sus tareas.
No presta atención.

Digo "Lo siento"
pero él no quiere escuchar.

Regla del básquet #7

Rebotar
es el arte
de anticipar,
de estar siempre preparado
para agarrarla.
Pero no puedes
dejar caer la bola.

El gallinero

Nuestros asientos están en las nubes.
y cada vez que papá piensa que
el árbitro se equivoca,
él estalla.
Todo lo que mamá hace es saltar
como un paraguas,
entonces papá baja
y se sienta.

JB lleva diecinueve puntos,
seis rebotes,
y tres asistencias.
Él está en llamas,
ardiendo de
una línea de base a otra.
Papá grita,
Alguien necesita llamar
al departamento de bomberos,
porque JB está quemando
este lugar.

El otro equipo pide un tiempo muerto.
Papá, JB todavía no me habla, digo.
Por ahora JB no puede
verte, hijo, dice papá.

Solo tienes que dejar que el humo
se aclare, y entonces él estará bien.
Por ahora, ¿por qué no
le escribes una carta?
Buena idea, creo. Pero, ¿qué le digo? le pregunto.
Para entonces,
papá está de pie
con el resto del gym
mientras JB roba la pelota
y despega
como un incendio forestal.

Ataque rápido

Es el

Basquetbolero de la defensa

En el a t a q u e,

es una FUERZA VELOZ **DISPARADORA**

TIRADOR ESTRELLA

VOLANDO *R E C I O.*

JB SE PREPARA para el TABLERO —

BOTA reBoTa   la bola a su lado.

AHORA se PONE

CHIDO VOLANDO y **VOLADOR,**

ASCENDiendo   **cielo.**

Asienta su cabeza

y lanza un *FAKE,*

Explota el carril.

CRUZA bola CAMBIA bola *CRUZA*

y hace el break

¡Z

  A

    Z!

      Por encima del aro,

Un RELAMPAGÓN casi DUNK.

Ese codo ya botó a JB

P
 Á
  K
   A
    T
     E
      L
       A
        S
al piso.
FALTA.

Tormenta

Como un fuerte viento, papá
se levanta de las nubes, ataca.

baja las escaleras, veloz y
agudo y enojado como

un relámpago. *¡Falta flagrante, ref!*
le grita a todos en el

gym. Ahora él es granizo y tempestad de nieve.
Su rostro, frío y duro como el hielo.

Sus manos pulsando a través de
el aire. Su boca, fuerte como el trueno.

Él se llevó por delante a JB—
esto no es fútbol americano

papá ruge en la cara
del árbitro, mientras que JB

y su atacante hacen
un baile de ojos de guerra. Yo quiero

meterme, ofrecer mi chubasco
pero mamá me lanza una mirada

que dice: *mantente fuera de la lluvia,
hijo.* Así que, yo solo miro

mientras ella y el entrenador persiguen
al tornado de papá. Yo miro

cómo ella envuelve sus brazos
alrededor de la cintura de papá. Yo miro

cómo ella lentamente lo trae de vuelta
al viento y la nube. Yo miro

a mamá tomar un pañuelo de
su bolso para limpiarse las lágrimas,

y comienza la repentina aparición de
sangre en la nariz de papá.

A la mañana siguiente

en el desayuno
mamá le dice a papá que
llame al Dr. Youngblood hoy   *o si no.*

El nombre es irónico, creo.

Siento mucho por perder
los estribos,
nos dice papá.

JB le pregunta a mamá
¿puede ir él al centro comercial
después del entrenamiento de hoy?

Hay un nuevo videojuego
al que podemos echar un vistazo,
le digo a JB.

No me ha hablado en cinco días.

Tu hermano se ha disculpado
profusamente por su error,
le dice mamá a JB.

Dile que vi la mirada
en sus ojos, y no fue un error,
JB responde.

profusamente

Vertiendo
en gran cantidad.

Es decir: JB se pone todo nervioso y
suda *profusamente*
cada vez que
Señorita Té Dulce entra
a un cuarto.

Es decir: El equipo ha agradecido
a JB *profusamente*
por guiarnos
hasta
los playoffs.

Es decir: Mamá dijo
que la presión arterial de papá
estaba tan alta
durante el juego que cuando
se enojó
causó
que su nariz
empezara a sangrar
profusamente.

Artículo #1 en el *Daily News* (14 de diciembre)

Los Reggie Lewis Wildcats
coronaron su temporada notable
con una victoria feroz contra
la secundaria Olive Branch.
Jugar sin el fenómeno suspendido
Josh Bell no pareció desconcertar
a los invictos 'Cats del entrenador Hawkins.
Después de una breve y extraña pelea causada por una
dura falta,

el gemelo de Josh, Jordan, lideró al equipo,
como GW cruzando el Delaware,
a la victoria, y a su
segunda aparición consecutiva en los playoffs.
Con un bye de primera ronda,
comienzan su carrera
por el trofeo del condado
la próxima semana
contra los Independence Red Rockets,
los campeones defensores,
mientras juegan sin
Josh "Filthy McNasty" Bell,
segun el *Daily News*
el MVP.

Casi la mayoría

en clase aplauden,
felicitándome
al ser seleccionado
como el MVP de secundaria
por el *Daily News*.

Todos excepto
Señorita Té Dulce:

¡ERES MUY MALO, JOSH!
Y no se por qué
te dieron ese premio
después de lo que le hiciste a Jordan.
¡MAMARRACHO!

JB me mira.
Espero que diga *algo, cualquier cosa*
en defensa de su único hermano.
Pero sus ojos, vacíos como cañones disparados,
disparan mucho más allá de mí.

A veces las cosas que no se dicen
son las que te matan.

Riesgo final

Los únicos sonidos,
son de los dientes disfrutando el melón y la fresa
del cóctel de frutas que mamá hizo para el postre

y la molesta voz de Alex Trebek:
Este catorce veces NBA all-star
también jugó al béisbol de las ligas menores

para los Birmingham Barons.
Hasta mamá sabe la respuesta.
Ey, papá, los playoffs comienzan en dos días

y el equipo me necesita, digo.
Además, mis notas fueron buenas.
JB rueda los ojos y le dice a Alex

lo que todos sabemos: ¿Quién es "Michael Jeffrey
Jordan"?
Josh, esto no se trata de tus calificaciones, dice mamá.
Cómo te comportarás en el futuro es lo que nos importa.

Me encaaaanta la Navidad.
No puedo esperar más para el pavo enmelado
de tu mamá, dice papá, intentando

rebajar la tensión. Nadie responde,
así que continúa:
¿Todos saben lo que la mamá cócona

le dijo a su hijo travieso?
Si tu papá pudiera verte ahora,
¡daría vuelta en su mole!

Ninguno de nosotros nos reímos.
Entonces todos nos reímos.
Chuck, eres un hombre chistoso, dice mamá.

Jordan, queremos conocer a tu nueva amiga, agrega.
Sí, invítala a cenar, coincide papá.
Filthy y yo
queremos conocer a la chica que se robó a JB.

¡Para eso, Chuck! Mamá dice, pegándole en el brazo a
papá.
¿Qué es "lo pensaré"? JB responde,
besando a mamá, chocándola con papá, y ni una sola vez

mirando
hacia
mí.

Querido Jordan

sin ti

        estoy vacío,

el gol

        sin canasta.

parece

        que mi vida

fue rota,

        destrozada,

como piezas de rompecabezas

        en la cancha.

ya no puedo encajar.

        ¿puedes

ayudarme a sanar,

        correr conmigo,

atacar conmigo

        como antes?

como dos estrellas

        robando el sol,

como dos hermanos

        quemándose

juntos.

PD. Lo siento.

No sé

si él leyó
mi carta
pero esta mañana
en el bus
a la escuela
cuando dije
Vondie tu cabeza
es tan grande
que no tienes dos dedos de frente
sino cinco,
yo podía sentir
que JB se reía
un poco.

No más pizza con papas fritas

La ensalada
de tofu
y espinaca
que mamá empacó
para mi almuerzo
hoy es cruel,
pero no tan cruel
como la mirada malvada
que Señortia Té Dulce
me lanza
desde el otro lado

del comedor.

Incluso Vondie

tiene novia ahora.
Ella quiere ser médica un día.

Ella es una *candy striper,* voluntaria en hospitales
y una animadora
y le encanta hablar

con piernas flacas
y un trasero
tan grande
como Vermont,

que según ella
tiene los mejores tomates,

los que ella promociona
vienen en todos los colores,
incluso púrpura,

que ella me dice
es su color favorito,
lo que ya sé
por su pelo.

Hasta esto es mejor
que no tener
ninguna novia.

Que es lo que tengo
ahora.

Uh-oh

Mientras estoy en el teléfono
con Vondie
hablando sobre
mis posibilidades de jugar
en otro partido
esta temporada,
escucho un jadeo
que sale de la habitación
de mamá y papá,
pero no somos dueños
de un perro.

Corro a la habitación de papá

para ver de qué se trata todo el ruido
y lo encuentro arrodillado
en el suelo, frotando una toalla

en la alfombra. Apesta a vómito,
¿Vomitaste, papá? pregunto.
Debe haber sido algo que comí.

Se sienta en la cama, sostiene
su pecho como si estuviera jurando
lealtad. Solo que no hay bandera.

¿Están listos pa' echar taco? él murmura
¿Estás bien, papá? pregunto.
Él asiente y me muestra

una carta que está leyendo.
Papá, ¿eras tú tosiendo?
Tengo buenas noticias, Filthy.

¿Qué es? pregunto.
*Recibí una oferta de entrenador en una universidad
cercana a partir del próximo mes.*

¿Un trabajo? ¿Y qué le pasa a la casa?
¿Y a mamá? ¿Qué hay de mí
y JB? ¿Quién va a disparar

tiros libres con nosotros todas las noches? pregunto.
Filthy, tú y JB están creciendo,
más maduros —se las arreglarán, dice.

Y, ¿a qué viene este cambio? Primero
quieres que consiga un trabajo y ahora
no. ¿Qué onda, Filthy?

Papá, mamá piensa que deberías
calmarte, por tu salud, ¿verdad?
Quiero decir, ¿no ganaste un millón de dólares

jugando básquet? Realmente, tú no
necesitas trabajar.
Filthy, lo que necesito es volver

a la cancha. ¡Eso es lo que NECESITA tu papá!
Prefiero que me llamen Josh, papá.
No Filthy.

¿En serio, Filthy? Él ríe.
En serio, papá —por favor no me llames
con *ese* nombre más nunca.

¿Vas a aceptar el trabajo, papá?
Hijo, echo de menos "swish".
Extraño el olor a cuero anaranjado.

Extraño devorarme a esos tipos
que piensan que pueden correr con Da Man.
La cancha es mi cocina.

Hijo, echo de menos ser el mejor chef.
Así que sí, lo voy a aceptar...
si tu madre me deja.

Bueno. Hablaré con ella sobre
esta cosa del trabajo, ya que significa
tanto para ti. Pero, tú sabes

que ella está realmente preocupada por ti, papá.
Filthy—quiero decir, Josh, vale, habla tú
con ella, se ríe.

Y tal vez, a cambio, papá, puedes hablar
con ella sobre dejarme volver al equipo
para los playoffs.

Siento como que
estoy decepcionando a mis compañeros.
Tú también decepcionaste a tu familia, Josh, él responde,

todavía sosteniendo su pecho.

Entonces, ¿qué debo hacer, papá? pregunto.

Bueno, ahora mismo deberías

ir a poner la mesa, dice mamá,

parada en la puerta

mirando a papá con los ojos

llenos de pánico.

A puerta cerrada

Decidimos que no más básquet, Chuck, mamá grita.
Baby, no es pelota, es ser coach, papá le dice.

Sigue siendo estrés. No debes estar en la cancha.
El doctor dijo que está bien, baby.

¿Qué medico? ¿Cuándo fuiste al doctor?
Voy un par de veces a la semana. Dr. WebMD.

¡En serio! Esto no es una broma, Charles.
 ...

Conectarte a internet no va a salvar tu vida.
La verdad es que ya basta con esta charla sobre mi
enfermedad.

Ya basta, sí. Estoy programando una cita para ti.
¡Ya!

*No debería estar tan preocupada por tu corazón—es tu
cabeza la qué está loca.*
Loca por ti, mamacita.

Para. Dije alto. Es hora de cenar, Chuck... oooh.
¿Quién es Da Man?

Y luego hay silencio, así que voy a poner la mesa.
porque cuando dejan de hablar,

Yo sé lo que significa eso.
¡Uggghh!

La chica que se robó a mi hermano

es su nuevo nombre.

Ella ya no es dulce.

Amargo es su sabor.

Peor aun,

ella pide otra porción

de lasaña de verduras,

lo que hace sonreír a mamá;

es que JB y yo no podemos estar con

toda esta onda de comer mejor

y nunca pedimos una segunda porción

hasta esta noche, cuando JB,

todavía haciendo muecas y caras

para alguna cámara invisible

que sostiene Señorita Té Amargo (Dulce)

pide más ensalada,

lo que hace reír a papá

e inspira a mamá

a preguntar,

¿Cómo se conocieron ustedes dos?

Sorprendentemente, JB tiene boca de moto,

dándonos todos los detalles sobre

aquella primera vez en el comedor:

Ella entró en el comedor.

Era su primer día en nuestra escuela,

y entonces empezamos a hablar sobre
todo tipo de cosas, y ella dijo que jugaba
básquet en su anterior escuela, y luego
Vondie estaba como, "JB, ella está bien hot", y
yo estaba como, "Sí, ella es un poco pulquérrima".
Y por primera vez
en quince días, JB me mira
a mí por una fracción de segundo,
y casi veo
la señal de una
sonrisa.

Cosas que aprendo en la cena

Ella fue al Nike Hoops Camp para muchachas.

Su jugador favorito es Skylar Diggins.

Ella puede nombrar a cada uno de los Lakers campeones de la NBA del 2010.

Su padre fue a la universidad con Shaquille O'Neal.

Ella sabe hacer un crossover.

Su equipo de AAU ganó un campeonato.

Ella tiene juego chido.

Sus padres están divorciados.

Ella va a visitar a su mamá la próxima semana durante las vacaciones de Navidad.

Ella vive con su papá.

Ella dispara a la canasta en el Rec para relajarse.

Su madre no quiere que juegue básquet.

Su padre vendrá a nuestro partido mañana para ver jugar a JB.

Ella lamenta que no voy a estar jugando.

Su sonrisa es tan dulce como el pastel de zanahoria de mamá.

Ella huele a ciruela azucarada.

Ella tiene una hermana en la universidad.

SU HERMANA VA A DUKE.

Los platos

Cuando el último plato está bien lavado

las sobras guardadas,

y el suelo barrido,

mamá entra a la cocina.

¿Cuándo es la cita de papá con el médico? pregunto.

Josh, sabes que no me gusta

que estés escuchando a escondidas.

Lo he sacado de ti,mamá, le digo.

Y ella se ríe, porque sabe

que no estoy diciendo nada más que la verdad.

Es la próxima semana.

No hay escuela la próxima semana.

¿Tal vez pueda ir

con ustedes

al doctor?

Tal vez, dice ella.

Dejo la escoba,

envuelvo mis brazos alrededor de ella,

y le digo gracias.

Por amarnos a nosotros, y a papá, y por

dejarnos jugar al básquet,

y ser la mejor madre

del mundo.

Sigue así, dice ella, *y*
estarás de vuelta en la cancha
al instante.

A poco esto significa
que puedo jugar mañana en el
juego de playoffs? pregunto.
No fuerces tu suerte, hijo.
Va a tomar más que un abrazo.
Ahora ayúdame a secar estos platos.

Charla del entrenador antes del juego

Esta noche
he decidido sentarme
en la banca
con el equipo
durante el juego
en lugar de en las gradas
con papá
y mamá, quien está sentada
a su lado
por si acaso
él decide
ponerse grosero
otra vez.

El coach dice:
Hemos ganado
diez partidos
uno tras otro.
La diferencia entre
una racha ganadora
y una racha perdedora
es un partido.
Ahora, Josh no está con nosotros

de nuevo, así que alguien tendrá
que darle duro
en el low post.

Me vuelvo a sentar
en la banca
y veo a JB dirigir a nuestros Wildcats
hacia la cancha.
Cuando el juego finalmente comienza,
miro a papá y mamá,
pero no están allí.
Cuando miro atrás
de la cancha,
JB me está mirando
como si los dos hubiéramos visto
otro fantasma.

El play-by-play de Josh

El equipo está en problemas.
Si no los resuelven pronto
nuestros sueños de campeonato desaparecen.
Abajo por tres, están jugando
como gatitos, no como Wildcats.
A menos de un minuto para el final
Vondie lleva la bola a la cancha.
¿Entrará para un rápido tiro de dos
o le pasará la pelota a JB
para una bola de tres?
Le pasa la bola al número veintinueve
en el ala derecha
y trata de salir driblando,
pero la defensa es sofocante.
Están sobre él como
el color negro sobre la medianoche.
Se la dispara a JB,
quien mira para arriba hacia el reloj.
Él va a dejar que se consuma todo el
tiempo posible.
Tienen que extrañarme ahorita mismo.
Vondie se acerca, establece un high pick.
JB está abierto, él se va a aventar un tres.
Sale.
Ahí va una bola bonita.

Pero no lo suficientemente bonita.

Bota y sale clan-clin del aro.

La sirena

grita

y los Wildcats

pierden

la primera mitad.

Mensajes de texto de mamá, primera parte

7:04
Papá no se sentía
bien, así que salimos afuera
a por un poco de aire. Volvemos pronto.

7:17
Creo que nos
vamos a casa. A medio tiempo,
díselo a tu hermano.

7:45
En casa ahora. Papá quiere
saber el puntaje. ¿Cómo le va
a Jordan? ¿Estás bien?

7:47
No se rindan. La
segunda mitad será mejor.
Hola a Alexis. Agarra

7:47
un aventón con el entrenador
o Vondie. Sí, papá está bien.
Creo. Te veo pronto.

7:48

No debí haber dicho
"Creo". Está bien, solo cansado.
Él dice que no regreses a casa

7:48

si tú pierdes. LOL.

La segunda mitad

Vondie desata la pelota
en el centro de la cancha,
dispara un pase corto
a JB, quien
le da gas

        directo a la cocina
zaz

        rodeando,
luego un doble dip
en la olla.

SWOOSH

Hijo, te aventaste.
Vamos ganando por dos.
Estos chavos están PELOTÉANDOLA DURO
JB está caliente
aumentando el puntaje
arriba y más arriba,
y el equipo
y el entrenador
y Alexis
y yo...
somos su coro.
¡WILDCATS! ¡WILDCATS!
Mi hermano es
Superman esta noche,

Resbalando
y Flotando
hacia un aire fino,
iluminando el cielo
y el marcador.
Salvando el mundo
y nuestra chance
para un campeonato.

Mañana es el último día de clases antes de las vacaciones de Navidad

Esta noche, estoy estudiando.
Por lo general ayudo a JB
a prepararse para sus pruebas,
pero desde el incidente
ha estado estudiando solo,
lo que me tiene un poco asustado
porque mañana también es la súper
prueba estandarizada de vocabulario.
(Pero no digo esa palabra
en presencia de mamá. Ella piensa
que los "estándares" son una mala idea).

Así que, después del partido
voy a casa y saco
mi hoja de estudio con todas
las palabras
que hemos estado estudiando
y mis anotaciones
para recordarlas.
Como *reliquia*.
Es decir: Papá trata su anillo de campeón

como una especie de *reliquia* familiar
que no podemos ponernos
hasta que uno de nosotros se convierta en *Da Man*.

Pongo ocho páginas de palabras
en la almohada de JB
mientras él está cepillándose
los dientes,
entonces apago mi luz
y me voy a dormir.
Cuando él se mete en la cama,
oigo el sonido del papel que cruje.
Entonces se enciende su lámpara de noche
y no escucho nada más
excepto
Gracias.

El entrenador llega

a mi mesa
durante el almuerzo,
se sienta
con una bolsa
de McDonald's,
me da una papa
y a Vondie una papa,
muerde su
sándwich McRib
y dice:
Mira, Josh, tú y tu hermano necesitan
calmar esta riña.
Si mis dos estrellas
no están en armonía,
no será posible que
el universo nos dé su cariño.

¿Eh? dice Vondie.

Mi hermano y yo
nos metimos en una mala pelea
cuando estábamos en la prepa,
y no nos vemos
desde entonces.
¿Quieren eso?

Sacudo la cabeza.

Entonces, resuélvelo, Filthy.
Resuélvelo rápido.
No necesitamos distracciones
en este viaje.
Y mientras estás trabajando
en eso, dale a tu mamá
algo especial en estas vacaciones.
Ella dice que has cumplido
tu sentencia bien
y que ella considerará
dejarte volver
al equipo
si llegamos
a la final.
Feliz Navidad, Josh.

separado

La interrupción de un vínculo,
cuando una persona se convierte
en un extraño
para alguien
que estaba cerca:
un pariente, amigo
o un ser querido.

Es decir: El papá y la mamá de Alexis
están *separados*.

Es decir: Cuando le tiré la pelota.
a JB,
creo que yo estaba *separado*
de mí mismo,
si eso es posible.

Es decir: Aunque JB y yo
estamos *separados,*
papá nos está haciendo jugar
juntos
en un torneo de tres-contra-tres
en el patio del Rec
mañana.

Salida de la escuela

Mamá tiene que trabajar tarde,
así que papá nos recoge.
A pesar de que JB
todavía no me habla,
papá chispea chistes
y ambos nos estamos riendo
como si fueran los buenos tiempos.
¿Qué nos van a dar para Navidad, papá? JB pregunta.
Lo que siempre nos dan. Libros, respondo,
y ambos nos reímos
como en aquellos buenos tiempos.

Chicos, su talento los ayudará a ganar partidos, dice papá.
Pero su inteligencia los ayudará a ganar en la vida.
¿Quien dijo eso? pregunto.
¿Yo lo dije, no me escuchaste?
Michael Jordan lo dijo, JB dice,
todavía mirando a papá.
Miren, muchachos, han tenido éxito
en la escuela este año, y
su mamá y yo apreciamos eso.
Así que escojan un regalo, y lo conseguiré.
¿Quieres decir que libros no? pregunto. ¡Órale!
Nada de eso. Todavía te va a tocar los libros, chistoso.
Santa nomás te está dejando elegir un pilón.
En el semáforo,

JB y yo miramos por
la ventana
en el momento exacto
en que pasamos por el mall
y sé exactamente
lo que quiere JB.
¿Papá, podemos parar
en esa tienda de zapatillas
en el centro comercial?
¿Órale, papá, podemos? JB hace eco.
Y la palabra pode*mos*
nunca sonó
más dulce.

El teléfono suena

Mamá está decorando el árbol,
papá está afuera lanzando tiros libres,
calentando para el torneo.
Hola, contesto
Hola, Josh, ella responde.
¿Puedo por favor hablar
con Precious?
Él está... ehh, ocupado en este momento,
le digo a ella.
Bueno, solo dile
que lo veré en el Rec,
ella dice, y ahora
entiendo
por qué JB
toma su segunda ducha
esta mañana, cuando apenas toma UNA
la mayoría de las mañanas de la escuela.

Regla del básquet #8

Algunas veces
tienes que
echarte hacia atrás
un poco
y
dejarte ir
para realizar
el mejor
disparo.

Cuando llegamos a la cancha

desafío a papá

a un partido breve

de uno-a-uno

antes del torneo

para que ambos podamos calentarnos.

Él se ríe y dice: *Vale,*

entonces me da la pelota,

pero me golpea en el pecho

porque estoy ocupado mirando hacia

los columpios donde Jordan y

Señorita Té Dulce están platicando

tomados de las manos.

Presta atención, Filthy. Digo, Josh.

Estoy a punto de darte una LIMPIA, muchacho, dice papá.

Le bombeo un fake, luego me lo sacudo como azúcar

para un fácil dos. Oigo un aplauso.

Los chavos vienen a ver.

En la siguiente jugada cambio la onda.

y lanzo un tres desde la cocina.

Da vueltas y vueltas y ADENTRO.

Las bancas se están llenando.

Incluso Jordan y Alexis ahora están mirando.

Cinco-cero es el puntaje,

Tercera jugada del juego.

Me echo el crossover, pero

papá se roba la pelota
como un ladrón en la noche,
se relaja cerca de la botella
¿Qué estás haciendo, viejo? digo.
No te preocupes por mí, hijo.
Estoy contemplándola
preparándola pa' atrancar
tus jugadas enojadas, dice papá.
¿Hijo, a poco te he dicho
sobre un carnal llamado
Willie con el que jugué en Italia?
Y antes que pueda contestar
él desata un
cruce asesino

que me deja deseando más espacio.
Los chavos están fuera de los bancos.
En sus pies gritando,
¡UUUhhhhhhhhhh, Wuup Wuup!
Saluda a la Defensa, Josh Bell, papá se ríe,
en camino hacia la canasta.
Pero entonces—

Al mediodía, en el gym, con papá

Gente mirando

Jugadores pavoneando

Yo puntos marcando

Papá roncando

La multitud creciendo

Nosotros baloneando

Yo bombeando

Papá saltando

Yo fingiendo

Disparo rebelde

Movida rebelde

Cinco-cero

Mi ventaja

Siguiente juego

Rebote drible

Drible robo

Papá se ríe

Palmea bola

¿Estás bien?

Papi guiña

Mira esto

Él baja

Gotas de sudor

Izquierda pa' que sepan

Derecha pa' que sepan

Me caigo

La multitud enloquece

Papá pa'lante

Pasos ritmos

Corre rápido

Hacia el aro

Pasos chispas

Se suelta

Grita fuerte

Se queda quieto

Aliento corto

Más sudor

Agarra su pecho

La bola cae

Papá cae

Yo grito

"Ayuda, por favor"

Té Dulce

Marca celular

Jordan corre

Trae agua

Le salpica la cara

Papá, nada

Fuera de combate

Yo recuerdo

La clase de gym

Inclina pellizca

Bomba sopla
Bomba sopla
Todavía nada
Bomba sopla
Explotan las sirenas
Pulso nada
Ojos cerrados.

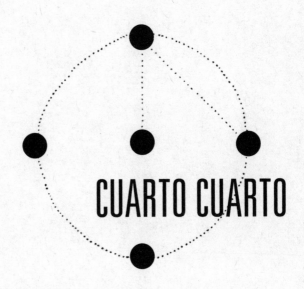

CUARTO CUARTO

El doctor nos da a Jordan y a mí unas palmaditas en la espalda y dice

Tu papá va a estar bien. Si tienen suerte,
ustedes jóvenes van a pescar con él muy pronto.

No pescamos, le digo.
Mamá me lanza una mirada dura.

Sra. Bell, el infarto de miocardio ha provocado
complicaciones. Su esposo está estable, pero está en un coma.

Entre sollozos, JB apenas puede lanzar su pregunta:
¿Estará mi papá en casa para Navidad?

Nos mira y dice: *Intenten hablar con él.*
Tal vez él pueda oírlos, lo que podría ayudarlo a despertar.

Bueno, TAL VEZ no estamos de humor para hablar,
digo.
¡Joshua Bell, sé respetuoso! me dice mamá.

Ni siquiera debería estar aquí.
Debería estar poniéndome mi uniforme, en el
estiramiento,

preparándome para jugar en las semifinales del condado.
Pero en cambio, estoy sentado en una habitación
maloliente.

en el hospital St. Lukes,
escuchando a mamá cantar "Kumbayá",

viendo a Jordan tomar la mano de papá,
preguntándome por qué tengo que

empujar agua cuesta arriba
con un rastrillo

para hablar con alguien
que ni siquiera está escuchando.

Para perder el partido más importante
de mi vida.

infarto de miocardio

Ocurre cuando el flujo de sangre
a un área del corazón
está bloqueado
por un tiempo suficientemente largo
entonces esa parte del músculo cardiaco
se daña
o muere.

Es decir: JB dice que aborrece
el básquet porque era
la única cosa que
papá más amó
además de a nosotros
y fue la única cosa
que causó su
infarto de miocardio.

Es decir: El doctor me ve Googleando
los síntomas—tos, sudor,
vómitos, hemorragias nasales—y él dice,
Saben que no podemos estar seguros de qué causa
un infarto de miocardio. Yo digo, ¿Y
las donas y el pollo frito y la genética?
El doctor mira a mi mamá,
luego se va.

Es decir: Papá está en un coma
por un *infarto de miocardio,*
que es lo mismo
que causó la muerte de mi abuelo.
Entonces, ¿qué significa eso para mí
y JB?

Okey, papá

El doctor dice
que yo debería hablar contigo,
que tal vez puedas escuchar
o tal vez no puedas.
Mamá y JB
han estado
quemándote la oreja
toda la mañana.
Así que, si estás escuchando,
me gustaría saber,
¿cuándo decidiste abandonar
la nave? Pensé que eras
Da Man.
Y una cosa más:
Si llegamos
a las finales,
no voy a perder
el gran juego
por un pequeño
quizás.

Mamá, ya que me preguntaste, te diré por qué estoy tan enojado

Porque papá trató de clavar la bola.

Porque quiero ganar un campeonato.

Porque no puedo ganar un campeonato si estoy sentado en este hospital apestoso.

Porque papá te dijo que estaría aquí para siempre.

Porque pensé que para siempre era como Marte —muy lejano.

Porque resulta que para siempre es como el mall —a la vuelta de la esquina.

Porque Jordan ya no habla de básquet.

Porque Jordan me cortó el pelo y no le importó.

Porque siempre está bebiendo Té Dulce.

Porque a veces tengo sed.

Porque no tengo a nadie con quien hablar ahora.

Porque me siento vacío sin pelo.

¡Porque la RCP NO FUNCIONA!

Porque mi crossover debería ser mejor.

Porque si fuera mejor, entonces papá no habría agarrado la bola.

Porque si papá no hubiera tenido la pelota, entonces no hubiera intentado un dunk.

Porque si papá no hubiera intentado clavarla, entonces no estaríamos aquí.

Porque no quiero estar *aquí*.

Porque lo único que importa es *swish*.

Porque nuestro tablero está astillado.

Mensajes de texto de Vondie

8:05
Filthy, el juego tuvo
doble tiempo extra
antes de la última posesión.

8:05
El entrenador pidió un tiempo muerto
y nos hizo a todos hacer un canto especial
en la línea lateral.

8:06
Fue un poco creepy. El
otro equipo estaba LOL.
Supongo que funcionó, porque

8:06
ganamos, 40–39.
Dedicamos la bola del partido
a tu papi.

8:07
¿Está mejor? ¿Tú y JB
vienen al entrenamiento?
¿Filthy, estás ahí?

En Noche Buena

Papá finalmente se despierta. Él
le sonríe a

mamá, choca puños con Jordan,
entonces me mira directamente

y dice,
Filthy, no abandoné la nave.

Papá Noel nos visita

Estamos celebrando
Navidad
en la habitación de hospital de papá.
Flores y regalos y alegría
lo rodean. Parientes de
cinco estados. Tías con coles y camotes,
primos con pitos y gritos
y mocos. Mamá canta.
Papá está jugando Espadas con sus hermanos.
Sé que los enfermeros y las enfermeras
están deseando que las horas de visitas
terminen. Yo también. El pavo de tío Bob
sabe a cartón
y su torta de limón se parece a una gelatina, pero
el Papá Noel del hospital tiene a todos cantando y
toda esta alegría está arruinando mi ánimo. No puedo
recordar la última vez que sonreí. Feliz es
un río enorme en este momento y he olvidado
cómo nadar. Después de dos horas, mamá
les dice a todos que es hora de que papá
descanse un poco. Abrazo a catorce personas, que es
como ahogarse. Cuando se marchan, papá
nos dice a Jordan y a mí que nos acerquemos a su cama.

¿Recuerdan to's cuando
tenían siete años y JB
quería columpiarse pero todos los columpios estaban
llenos, y Filthy empujó a la pequeña pelirroja
fuera del columpio para que JB pudiera tomarlo?
Bueno, no era el comportamiento correcto, pero
la intención era justa.
Estaban allí el uno para el otro.
Quiero que ambos
siempre estén ahí
el uno para el otro.

Jordan empieza a llorar.
Mamá lo abraza, y lo lleva
afuera
para caminar.
Yo y papá nos miramos
el uno al otro
durante diez minutos
sin decir una palabra.
Le digo,
No tengo nada que decir.

Filthy, el silencio no significa
que nos hemos quedado sin cosas que decir,
solo que estamos intentando
no decirlas.

Entonces, hagamos esto.
Te haré una pregunta,
entonces me haces una pregunta,
y seguiremos preguntando hasta
que los dos consigamos algunas respuestas.
¿Okey?

Claro, le digo,
pero tú vas primero.

Preguntas

¿Has estado practicando tus tiros libres?
¿Por qué no fuiste al médico cuando mamá te lo pidió?

¿Cuándo es el partido?
¿Por qué nunca nos llevaste a pescar?

¿Tu hermano todavía tiene novia?
¿Vas a morir?

¿Realmente quieres saberlo?
¿Por qué no pude salvarte?

¿No ves que lo hiciste?
¿Recuerdas cómo seguí bombeando y respirando?

¿No ves que estoy vivo?
¿...?

*¿Arrestaron to's ustedes al pavo del tío Bob? Fue bien
criminal lo que le hizo a ese pájaro, ¿o no?*
¿Crees que esto es gracioso?

¿Cómo está tu hermano?
¿¿Nuestra familia se está desmoronando??

¿Todavía crees que yo debería escribir un libro?

¿Qué tiene eso que ver con esto?

¿Qué pasa si lo llamo "Reglas del básquet"?

¿Vas a morir?

¿Sabes que te amo, hijo?

¿No sabes que'l gran partido es mañana?

¿Es verdad que mamá te va a dejar jugar?

¿Crees que no debería jugar?

¿Qué piensas tú, Filthy?

¿Qué pasa con Jordan?

¿Quiere jugar?

¿No sabes que no lo hará mientras estés aquí?

¿No sabes que ya sé eso?

Entonces, ¿por qué no regresas a casa?

¿No ves que no puedo?

¿Por qué no?

¿No sabes que es complicado, Filthy?

¿Por qué no puedes llamarme por mi nombre real?

Josh, ¿sabes qué es un ataque al corazón?

¿No recuerdas que estuve allí?

¿No ves que necesito estar aquí para que puedan arreglar el
daño que ha sufrido mi corazón?

¿Quién va a arreglar el daño que ha sufrido el mío?

Tanka para la clase de artes del lenguaje

Esta navidad
sin felicidad, año
nuevo, con papá
en el hospital, diez y
nueve días y nada.

Creo que nunca me acostumbraré a

caminar a casa desde la escuela	solo
jugar a Madden	solo
escuchar a Lil Wayne	solo
ir a la biblioteca	solo
lanzar tiros libres	solo
ver ESPN	solo
comer donas	solo
decir mis oraciones	solo

Ahora que Jordan está enamorado
y papá está viviendo en un hospital

Regla del básquet #9

Cuando el partido esté en
en el borde,
no temas.
Agarra la pelota.
Dale
hasta la canasta.

Cuando estamos a punto de salir para el juego final

el teléfono suena.
Mamá grita.
Me temo lo peor.
Le pregunto a JB si él escuchó *eso*.
El está en su litera
escuchando su iPod.
Mamá pasa corriendo por nuestro cuarto,
sin aliento.
JB salta hacia
de su litera.
¿Qué pasa, mamá? pregunto.

Ella dice:
Papá. Tuvo. Otro. Ataque.
Ahora. No se apuren.
Yo. Voy. Hospital.
Veo. Ustedes. Dos. En. El Partido.

VroOOOOOmmmmmmm.
Su auto arranca.
JB, ¿qué debemos hacer? pregunto.

Ya no está escuchando música
pero sus lágrimas se escuchan lo suficientemente fuertes
para bailar.

Él ata sus sneakers,
sale corriendo de nuestro cuarto.
La puerta del garaje se abre.
Oigo PLAP PLAP PLAP
de las pajitas
en los radios
de las ruedas de su bicicleta
siguiendo a mamá
al hospital.

Escucho el reloj: TIC TAC TIC TAC.
Oigo a papá: *Deberías jugar en el partido, hijo.*
Un claxon suena.
Oígo ZAZ ZAZ ¡ZAZ!
al cerrar la puerta
del coche del padre de Vondie.
Oigo: ÑIII ÑÑÑIIII ÑIIIIII
mientras nos alejamos
de la banqueta
de camino
al partido de campeonato del condado.

Durante los calentamientos

Fallo cuatro tiros uno
tras otro, y el entrenador Hawkins dice,
¿Josh, seguro que eres capaz

de jugar? Está más que bien si
necesitas ir al hospital con tu fami—.
Señor, mi papá va a estar bien,

le digo. Además, él quiere que yo juegue.
¿Hijo, me estás diciendo que estás bien?
¿Puede una persona sorda escribir

música? le pregunto al entrenador.
Él levanta las cejas,
sacude la cabeza y

me dice que vaya a sentarme
en la banca. Me retiro
al vestuario

para mirar mi celular,
y hay mensajes
de mamá.

Mensajes de mamá, segunda parte

5:47

Papá está teniendo complicaciones.
Pero va
a estar bien y dice
que te ama.
Buena suerte esta noche. Papá

5:47

va a estar bien. Jordan dice que
él todavía no se siente listo
para jugar, pero lo hice

5:48

ir al juego para mostrar
apoyo. Búscalo y
no seas flojo con tu

5:48

crossover.

Para papá

Mi tiro libre baila en el borde del aro y
circula, gira, durante un millón de años,

luego cae, y al fin, estamos arriba, 49-48.
Cinco bailarines en el escenario, volando

tan alto, tan chido,
a once segundos del cielo.

Llega un duro asalto, un contraataque rápido, su mejor
jugador,
rebana el aire hacia la canasta.

Su tiro con salto
flota a través de la red,

entonces todo va a cámara lenta:
la pelota, el jugador...

El entrenador pide tiempo fuera
con solo cinco segundos para el final.

Si también el árbitro pudiera parar
el reloj de mi vida.

Solo un jugada más.
Creo que mi padre se está muriendo,

y ahora estoy fuera de los límites
cuando veo una cara conocida

detrás de nuestro banco. Mi hermano,
Jordan Bell, su cabeza enterrada

en Té Dulce, sus ojos
rebosándose de horror.

Antes de darme cuenta, suena el silbato,
la pelota está en mi mano,

el reloj se está acabando,
mis lágrimas corren todavía más rápido.

El último tiro

5... Un rayo de luz en mis kicks...

La cancha está   QUEMANDO

Mi sudor está   LLOVIZNANDO

Ya 'stuvo con eso de estar *temblando*

Es que esta noche voy *entregando*

Estoy conduciendo por

          el carril

RESBALANDO

4... Driblando hacia el medio, deslizándome como un águila negra.

La multitud está RETUMBANDORODANDO

RUGIENDO

Llévala al aro.

LLÉVA   LA   AL   ARO

3... 2... Trucha, porque estoy a punto de ponerme

S U C I O

con esto

a punto de derramar la salsa de FILTHY sobre ti.

Ohhhhh, ¿viste a McNASTY cruzar sobre ti?

Ahora te llevo

Tobillo FRACTURÁNDOTE

Estás de rodillas.

Gritando POR FAVOR, BABY, POR FAVOR

Uno... Es un pájaro. Es un avión. No, está arriba, arriba

arriiiiiiiiiiiba.

Mi tiro está F L U Y E N D O, Volando, aleTEaNdO.

OHHHHHHHHH, las cadenas están

CASCABELEANDO

ringalinguiando y MAMBOLEANDO

Swish.

Juego / terminado.

TIEMPO EXTRA

Artículo #2 en el *Daily News* (14 de enero)

El jugador de baloncesto profesional
Charlie (Chuck) "Da Man" Bell
se desmayó en un juego
de uno-a-uno
con su hijo Josh.
Después de una complicación,
Bell murió en el hospital de St. Lukes
de un ataque masivo al corazón.

Según los informes,
Bell sufría
de hipertensión
y tuvo tres desmayos
en los cuatro meses
anteriores a su colapso.
Resultados de la autopsia encontraron
que Bell tenía el corazón
engrandecido con cicatrices extensas.
Surgen informes de
que Bell se negó a ver a un médico.
Uno de sus excompañeros de equipo
declaró: "Él no era un gran fan de los médicos
y los hospitales, sin duda".
En su juventud,

Bell decidió terminar su prometedora carrera de
baloncesto
en lugar de pasar por una cirugía en su rodilla.

Conocido por su deslumbrante crossover,
Chuck Bell fue el capitán
del equipo italiano
que ganó varios campeonatos consecutivos de la Euroliga
a finales de los noventa.
Le sobreviven su esposa,
la doctora Crystal Stanley-Bell, y
sus hijos gemelos,
Joshua y Jordan, quienes
recientemente ganaron su primer
campeonato del condado.
Bell tenía treinta y nueve años.

¿Y ahora adónde le damos?

No hay entrenadores
en los funerales. No hay entrenamiento
para prepararse. No hay calentamiento.
No hay disparo de último segundo, y
todos portamos un cruel
uniforme de medianoche, sin estrellas
y hostil.

No estoy preparado
para la muerte. Este es un partido
que no puedo jugar.
No tiene reglas,
no hay árbitros.
Tú no puedes ganar.

Yo escucho
a los compañeros de equipo de mi padre
contar historias divertidas
sobre el amor
y el básquet.
Escucho las canciones reconfortantes del coro.
Casi ahogan los sollozos de mamá.

Ella no quiere mirar dentro del ataúd.

Ese no es mi marido, dice ella.

Papá se ha ido,

como el final de una buena canción.

Lo que queda es hueso

y músculo y fría piel.

Agarro la mano derecha de mamá.

JB agarra la izquierda.

El pastor dice: *Un*

gran padre, hijo y

esposo ha cruzado

al más allá. Amén.

Afuera, una larga limusina de color carbón

llega al borde de la calle

para

llevarnos

de vuelta.

Tan solo.

sin estrellas

Sin estrellas.

Es decir: Si yo y JB
probáramos para JV
el próximo año,
los Wildcats de la secundaria Reggie Lewis
se quedarían *sin estrellas.*

Es decir: Anoche
Sentí que me estaba desvaneciendo
mientras miraba a los *sin-estrellas*
Portland Trailblazers
ser pisoteados por el equipo favorito de papá,
los Lakers.

Es decir: Mi padre
era la luz
de mi mundo,
y ahora que se ha ido,
cada noche
pasa *sin estrellas.*

Regla del básquet #10

Una derrota es inevitable,
como la nieve en invierno.
Los verdaderos campeones
aprenden
a bailar
durante
la tormenta.

Hay tantos amigos

vecinos, compañeros de papá,
y miembros de la familia
apretados en nuestra sala
que tengo que salir afuera
solo para respirar. El aire está
lleno de risas,
John Coltrane,
Jay-Z y el olor
a salmón, además de aromas de
cada pay y pastel
imaginable.

Incluso mamá está sonriendo.
Josh, ¿no oyes el teléfono
sonando? dice ella.
Yo no—el sonido de
"A Love Supreme"
y risas fuertes
ahogándolo.
¿Puedes atender el teléfono, por favor? ella me pregunta.

Yo respondo, un sándwich de salmón
llenando mi boca.
Hola, residencia de los Bell, balbuceo.
Hola, habla Alexis.

Oh... hola.

Lo siento, no pude estar en el funeral.

Este es Josh, no JB.

Sé que eres tú, Filthy. JB es de voz fuerte.

Tu voz de teléfono siempre suena como
si fuera el amanecer,

como si apenas estuvieras despertando,

ella dice jugueteando.

Me río por primera vez en días.

Solo quería llamar y decir cuánto lo siento
por tu pérdida. Si hay algo que mi papá o yo podamos hacer,
por favor déjanos saber.

Mira, Alexis, lo siento por—

Todo bien, Filthy. Me tengo que ir, pero
mi hermana tiene cinco boletos
para ver a Duke jugar contra North Carolina.

Yo, ella, JB y mi papá
van

Quieres—

ABSOLUTAMENTE, digo, y GRACIAS,

justo antes de que el señor Hawkins

llegue hasta mí

con los brazos extendidos y

un abrazo tamaño oso, que deja el teléfono

chocando contra el suelo.

Al salir por la puerta,
para tomar un poco de aire fresco,
Mamá me da
un beso y un pedazo de
pay de camote con
dos cucharadas de nieve de
vainilla de soja
¿Dónde está tu hermano? pregunta ella.

No he visto a JB
desde el funeral, pero
si tuviera que adivinar, diría
que él va a ver a Alexis.
Porque si yo tuviera novia, estaría
con ella ahora mismo.
Pero como no tengo novia
la segunda opción
tendrá que bastar.

Tiros libres

Termino el postre
tragando tan solo
cuatro veces.
Tengo que saltar para agarrar la bola.
Está encajada entre
el borde y el tablero,
prueba de que JB estuvo tirando
y fallando
de clavarla.
La saco a golpecitos
y driblo
hasta la linea de tiros libres.

Una vez papá lanzó
cincuenta tiros libres
UNO TRAS OTRO.
Lo más que he hecho yo
son diecinueve.
Agarro la pelota,
planto mis pies en la línea
y disparo el primero.
Entra.
Miro a mi alrededor
para ver si alguien está mirando.

No. Ya no.

Los siguientes doce tiros son buenos.
Los nombro a cada uno con un año
de mi vida.
Un año con mi padre.
Para veintisiete, los estoy haciendo
con los ojos cerrados.
El orbe anaranjado tiene alas
como si hubiera un ángel
llevándolo al aro.

En el cuadragésimo noveno tiro,
apenas soy consciente
de que estoy muy cerca de los cincuenta.
Lo único que realmente importa
es que acá fuera
en la entrada para el carro
lanzando tiros libres
me siento más cerca de papá.

¿Te sientes mejor? me pregunta.

¿Papá? digo.
Abro mis ojos,
y ahí está mi hermano.
Pensé que eras—

Sí, lo sé, dice.

Voy bien. ¿Tú? pregunto.

Él asiente.

Buen partido la semana pasada, dice.

Ese crossover
fue bien perrón.

¿Has visto el trofeo? pregunto.

Él asiente de nuevo.

Todavía protegiendo sus palabras

de mí.

¿Hablaste con papá antes?

Nos dijo que nos mantuviéramos fuera de su armario.

Luego me dijo que te diera esto.

Te lo mereces, Filthy, dice él,

deslizando el anillo en mi dedo.

Mi corazón salta

por mi garganta.

El anillo de campeón de papá.

Tras el rebote

y los sollozos, susurro, ¿Por qué?

Supongo que ahora eres Da Man, Filthy, dice JB.

Y por primera vez en mi vida

no quiero serlo.

Apuesto
los platos
a que no le das al número cincuenta, dice,
alejándose.

¿A dónde va?

Ey, grito.
Nosotros somos Da Man.
Y cuando él voltea
le lanzo la bola.

Él dribla
hasta la boca de la botella,
enfoca sus ojos
en el aro.
Miro
la pelota
saltar de sus manos
como un pájaro
hasta allá arriba
patinando
en el cielo,

cruzando sobre
nosotros.

KWAME ALEXANDER es poeta, educador y autor de libros que han figurado en la lista de bestsellers del *New York Times*. Sus libros incluyen *Booked, The Playbook, Solo, The Undefeated* y *Crossover* (*El crossover*), por el cual recibió la Medalla John Newbery por la más distinguida contribución a la literatura estadounidense para niños y jóvenes, el Premio de Honor Coretta Scott King, el Premio de Honor NCTE Charlotte Huck y el Premio de Poesía Lee Bennett Hopkins. También fue seleccionado como primer ganador del Premio Legado Pat Conroy, el cual reconoce a los escritores que han logrado un impacto duradero en su comunidad literaria.

Un frecuente orador en escuelas y conferencias, Kwame cree en el poder de la poesía y la literatura para cambiar el mundo. A través de sus talleres de escritura ha inspirado y empoderado a muchos jóvenes y ha ayudado a formar a más de tres mil estudiantes-autores en los Estados Unidos, Canadá, el Caribe y África Occidental. Reside en Virginia.

KWAMEALEXANDER.COM

JUAN FELIPE HERRERA es Poeta Laureado de los Estados Unidos (2015–2017) y Poeta Laureado de California (2012–2014). Con más de treinta libros de poesía y obras para niños y jóvenes, ha recibido, entre muchos otros, los premios Robert Kirsch Lifetime Achievement del Los Angeles Times, Honor Pura Belpré, National Book Critics Circle, Ezra Jack Keats, Latino International y la Beca Guggenheim de poesía. Una destacada reseña de *Publishers Weekly* se refirió a su poema *Imagine,* ilustrado por Lauren Castillo, como "una alentadora narración de esperanza".